सतवंती

वाणी प्रकाशन
21-ए, दरियागंज, नयी दिल्ली-110002
फोन : 011-23273167, 23275710, 41562622
फैक्स : 011-23275710
e-mail : vani_prakashan@yahoo.com
vaniprakashan@gmail.com
website : vaniprakashan.com

सतवंती

उदयभानु पाण्डेय

वाणी प्रकाशन

21-ए, दरियागंज, नयी दिल्ली-110002

द्वारा प्रकाशित

संस्करण : 2006

मूल्य : 95.00

आवरण : अवधेश कुमार

शुभम ऑफसेट, दिल्ली-110032

द्वारा मुद्रित

SATVANTI (Stories)

by. Uday Bhanu Pandeya

समर्पण

बुरी स्त्रियों की ये कहानिाँ गहन अवसाद के क्षणों में मैंने तुम्हारे लिए लिखी हैं। तुम जो कि मेरी दृष्टि में मेरी माँ के बाद संसार की श्रेष्ठतम स्त्री हो। तुम—जिसके प्यार के बिना मेरे जीवन का सारा सौंदर्य नष्ट हो गया होता। यदि यह कहानी-संग्रह तुम्हारे हाथ में पड़ा तो तुम जरूर समझ सकोगी कि मेरे क्षत-विक्षत मन ने अभी भी अपना कवच ढीला नहीं किया है। और मेरा यह जुझारूपन ही तुम्हारे लिए सबसे बड़ा उपहार है।

अपनी बात

मैं जिस वातावरण में जन्मा, पाला-पोसा गया उसकी माटी में वह सब कुछ था जिसमें कहानियाँ जन्म लेती हैं—सामंतवाद की टूटन, आर्थिक घुटन, कतवरिया जैसे गाँव की चित्रात्मकता और माटी की गंध, बलरामपुर जैसे छोटे किंतु सुरुचिसंपन्न नगर के संस्कार, अपने प्रतापी पूर्वजों की विरुदावली, जो मेरे उस बालमन को कचोटती थी, जो परिवार की चरमराती अर्थ व्यवस्था से सहमा-सहमा-सा रहता था, फिर भी बचपन खुशियों से भरा हुआ था—हालांकि ये खुशियाँ धीरे-धीरे छीजने लगी थीं।

माँ और छोटे मामा उपन्यास और कहानियों के शौकीन थे। प्रेमचंद, चतुरसेन, इलाचंद्र जोशी, भगवती प्रसाद वाजपेयी, रवीन्द्र नाथ टैगोर की कृतियाँ पढ़ी और सुनायी जाती थीं। पिता तुलसी साहित्य और रीतिकालीन कविता के मर्मज्ञ थे। बड़े दादा उर्दू शायरी के शौकीन थे और सबसे जीवंत थे अवध की मिट्टी के बने जीवित पात्र—घर के नौकर-चाकर, जिंदा-दिली से लबरेज़ गाँव के लोग जो अपनी पत्नी को 'हमार चिरई' और प्रेयसी को 'करेजऊ' और 'टिकोरा' कहते थे—पिता के वे बहुत सारे दोस्त जो पैदल चलकर, अरबी घोड़ी, हाथियों और जीपों से हमारे कच्चे घर में आते थे और जिनका आतिथ्य पिता मतिराम, बिहारी, देव, रसलीन, सूर एवं तुलसी की कविताओं से करते थे।

सबसे दबंग और मनोहारी व्यक्तित्त्व था मेरे पिता का, जो पुराण के किसी अभिशप्त पात्र की तरह लगते थे। सामंतवाद अपनी साँसें मीड़ रहा था, आर्थिक ढाँचा चरमरा उठा था, लेकिन उन्होंने अपने साहस और जिजीविषा से हम लोगों को मानसिक रूप से अपने प्रतापी पूर्वजों से जोड़ कर रखा था। मेरे गाँव का कीचड़ भी साधारण कीचड़ नहीं था, क्योंकि हमें बताया गया था कि कभी उसमें हमारे उन पूर्वजों के घोड़ों की टाप पड़ी जो अपनी और महाराजा साहब की मान-मर्यादा के लिए अंग्रेज़ों और

तुलसीपुर के राजा से गाजी मर्दों की तरह लड़े थे। बड़े रंगीन-मिजाज, लापरवाह, खिलंदड़े, भावुक और हँसोड़ मेरे पाँच बड़े भाई मुझे सर आँखों पर बिठाते और मेरी इकलौती दीदी मुझे पुराण और अवधी लोक-कथाएँ सुनातीं।

मैं अपने घर में सबसे छोटा, सबसे दुलारा, सबसे बिगड़ैल, आलसी लड़का था, जिसे ठोंक-पीट कर डी० ए० वी० इंटर कालेज, बलरामपुर के शिक्षकों ने आदमी बनाया। प्राचार्य डा० भगवती प्रसाद सिंह, शिवशरण पाण्डेय, कृष्ण बलदेव सहाय,गोरख प्रसाद श्रीवास्तव, संतशरण अग्निहोत्री, पंडित राजकिशोर मिश्र, बाबू हरिशंकर लाल श्रीवास्तव, श्री बहादुर पाण्डेय—कितने ऐसे नाम हैं जिन्हें मैं श्रद्धा के साथ याद करता हूँ। यदि मेरे इन गुरुजनों का वात्सल्यपूर्ण अनुशासन न होता तो शायद आज ये कहानियाँ न होतीं।

मैं साहित्यिक विवादों, सिद्धांतों और मैनीफेस्टों में विश्वास नहीं करता, लेकिन मेरी धारणा है कि मेरा साहित्य स्मृतियों, अनुभूतियों, अनुभवों और संस्कारों का एक संश्लिष्ट प्रस्फुरण है।

अपनी ये कहानियाँ मैंने गहन अवसाद के ऐसे क्षणों में लिखी हैं जब मेरा मन अपनी चारों ओर व्याप्त शोषण, उत्पीड़न और आदमी के ओछेपन से लहूलुहान हो रहा था। मेरी मान्यता है कि रोजी-रोटी के अतिरिक्त जो दूसरी समस्याएँ हैं उनके मूल में मनुष्य की मूर्खता, कलह-प्रियता एवं विध्वंसात्मक प्रवृत्ति है और बहुत सारी समस्याएँ, कुछ सीमा तक, त्रासदियाँ भी अनावश्यक हैं। व्यक्तिगत संबंधों की टूटन पर आधारित इन कहानियों के गहन अंधकार में भी कुछ डोलता है। मैं कुछ भी चीख-चीख कर कहने के पक्ष में नहीं हूँ, परंतु मेरी कहानियाँ आदमी के ओछेपन और लालची प्रवृत्ति पर सीधा प्रहार करती हैं। 'आग' उस समय लिखी गयी जब प्रोफेसर हेमनाथ शर्मा बरदलोई, प्रोफेसर प्रवीण कुमार गोगोई आदि मेरे चार मित्र असम आंदोलन के तहत जेल में थे। मास्टर बदीउज़्जमा के पात्रकी प्रेरणा मैंने अपने जिगरी दोस्त प्रोफेसर अबू हसन मुल्ला से ली है, जो असम आंदोलन से किसी भी रूप में नहीं जुड़े थे। इन कहानियों

द्वारा मैंने असम और पूर्वांचल के उन लोगों के प्रति अपना प्यार प्रकट किया है जिनकी उदारता और स्नेह से अभिभूत होकर मैंने उनके बीच ही घर बसा लिया है।

मेरी कहानियों के अधिकांश पात्र विस्थापित हैं—विस्थापन आज के युग की नियति है। मेरे पात्रों का दर्द वही समझ सकेंगे जिन्होंने विस्थापन को झेला या महसूसा होगा।

इन कहानियों द्वारा मैं हिंदी जगत के जिन साहित्यकारों—डा० धर्मवीर भारती, भीष्म साहनी, रघुवीर सहाय, डा० लक्ष्मीनारायण लाल, डा० जवाहर सिंह, किट्टू, कुबेरनाथ राय, संजीव आदि से जुड़ा उनकी प्रेरणा और प्रोत्साहन के लिए मैं उनका आभारी हूँ।

अपनी पहली कृति पाठकों के हाथों में देते हुए मुझे खुशी है—हो सकता है उत्तर प्रदेश से पूरे 24 वर्ष तक दूर रहने के कारण मेरी हिंदी में माटी की वह गंध न हो—पर मेरे पाठक मेरी भाषा में असम की आदिवासी माटी की गन्ध अवश्य पायेंगे। आशा है हिन्दी का यह रूप अनपढ़ होते हुए भी ग्राह्य होगा।

उदयभानु पाण्डेय

वन्या-सप्तम
प्रोफेसर्स कालोनी
डीफू, कारवी आंगलांग (असम)
अगस्त, 1988

अनुक्रम

नगीना

"नगीना, कल आसाम मेल पकड़नी है।"

"नगीना, आज रात में दो बजे उठा देना मुझे, सुबह कामरूप एक्सप्रेस से गुवाहाटी जाना है।"

"नगीना, एक काम करो भाई, कल एक खेत गोड़ने वाला लेबर ले आना। इस साल तरकारी और फूल की खेती पिछड़ी जा रही है।"

"अरे ओ बिहारी बाबू, हमारा मेमसाहब को मालिश करने का वास्ते एक जनाना ठीक करके देना होगा। थोड़ा बखशीश तुम्हारा लिए भी देगा। क्या बात है?"

और नगीना अपना चिरपरिचित वाक्य बोलता, "ठीक

है साहब, होगा, जुगाड़ कर देगा।" वह अपना वादा कभी न भूलता, हालाँकि जो साहबान उसे बखशीश देने का वादा करते, वे साफ धता बता देते।

उन दिनों यह पहाड़ी शहर अल्हड़ था। इसकी अधिकांश सड़कें कच्ची थीं, सरकारी गाड़ियाँ गिनी-चुनी थीं और टैक्सी, आटो-रिक्शा सपने की चीज हुआ करती थी। टिन के एक कनस्तर भर पानी का दाम पचास पैसा हुआ करता था। नगीना दिनभर ठेला खींचकर पस्त होता और कोई साहब पानी के लिए कहते तो वह ठेला एक तरफ पटक, रस्सी-बाल्टी उठाता, 50 फिट गहरे पहाड़ी कुएँ से पानी निकालता और हाँफता हुआ साहब के घर पहुँचा देता। कुली औरतें बीमार होतीं तो वह उन्हें ठेले पर बिठा अस्पताल छोड़ आता।

मैंने नगीना को पहली बार शहर की रामलीला में देखा था। बिहार की एक निहायत घटिया नौटंकी पार्टी, जो अपने को रामलीला पार्टी कहती थी, उन दिनों इस शहर में आयी थी और नगीना (शायद अतिथि कलाकार के रूप में) उसमें नाच रहा था। वह भोजपुरी, अवधी, हिन्दी, असमिया में स्वरचित डायलाग बोल रहा था और लोग लोटपोट हुए जा रहे थे।

वह लोगों को हँसाता था, लेकिन विदूषक नहीं था।

"तू शाला आलू है" एक नेकदिल बंगाली बाबू उसे छेड़ते, "आलू जैसे कच्छू (घुंइया), मटर, बँधागोभी, मांग्सो हर वस्तु का साथ में मिसाल हो जाता है, तुम भी सब काम करने शकता है, ले एक टका लेकर नीचू के गाँव में चला जा और शाला दारू पीकर फुर्ती कर।"

और नगीना सैल्यूट मारकर रुपया रख लेता, लेकिन उसे कभी भी मैंने दारू पीते नहीं देखा।

"ओ नगीना, लाल गमछा बिहार भेजा या नहीं ?" कोई दुष्ट असमिया लड़का उसे छेड़ता और नगीना जल-भुनकर खाक हो जाता।

"लाल गमछा भेजने का क्या मतलब ?" मैंने एक दोस्त से पूछा था।

"बिहार और उत्तरप्रदेश के कुली लोग सालों अपने 'देस' नहीं जा पाते, जब घर से चिट्ठी आती है कि उनकी बीवी को कोई बच्चा हुआ है तो असम से एक लाल गमछा उस बच्चे के नाम भेज दिया जाता है। इसका मतलब है कि वह बच्चा हरामी नहीं, बल्कि जायज है।" दोस्त ने बताया था।

और मैं सिहर उठा था इस क्रूर मजाक पर। यह ठीक है कि नगीना इतना नहीं कमा पाता था कि हर साल घर जा सके। वह मनीऑर्डर फार्म और चिट्ठी लिखवाने प्राय: मेरे घर आता था और उसकी लगभग हर चिट्ठी में घर न पहुँच पाने का पश्चात्ताप होता था, लेकिन ऐसा कभी नहीं लगा कि वह अपनी घरवाली पर शक करता हो।

जब वह पहली बार असम आया, केवल दस साल का था। तब बिहार में अकाल पड़ा था और उसकी माँ भूखों मर गयी थी। तब नगीना भोजपुरी गाने गाता था। शहर के बुजुर्ग लोग बताते हैं कि गाते-गाते वह रोने लगता और सुनने वाले हँसने लगते। उसकी बीमारी में रहमदिल असमिया और कौतुकप्रिय आदिवासी उसे खिलाते-पिलाते और उसकी मदद करते, लेकिन कस्बा अब शहर बनने लगा था और जीवन अपनी सरलता तेजी से खोने लगा था।

"नगीना, कितने साल और रहोगे असम में ?" एक बार मैंने पूछ लिया था।

"अरे बबुआजी, (बहुत प्यार में मुझे वह बबुआ जी ही कहता था) तीस बछर तो गुजर गया। दस-ग्यारह बछर अउरो बीत जायगा। कितने दिन जिये का बा ?" नगीना एक उदास हँसी हँसता, जो मुझे चीरकर रख देती।

"नगीना चलो, घर चलते हैं। तुम खगड़िया उतर जाना। हम सीधे लखनऊ चले जायेंगे।" मैं कहता, "किराये की फिक्र मत करना।"

लेकिन नगीना मुकर जाता।

"छोड़ीं सरकार, जाही विधि राखै राम, वाही विधि रहिए। रोज-रोज घर-देस जाने लगा तो बस राम भजना पड़ेगा।"

और मैं चुप हो जाता।

नगीना एक बाँका जवान था। गहरा साँवला रंग, छरहरा शरीर, लंबा कद, बलिष्ठ मांस-पेशियाँ और हमेशा हँसती आँखें, जिनमें अपने दुःख को छिपा जाने की सहज क्षमता थी और गहरी, कौंधती बुलंद आवाज। वह मेरे घर आता और ड्राइंगरूम में मूढ़ा लेकर बैठ जाता। जिद करने पर खाना भी खाता, लेकिन उसके लिए खूब मोटी रोटियाँ बनवानी पड़तीं। खाने के बाद वह अवधी और भोजपुरी लोकगीतों के रिकार्ड सुनता और फिर खुद गाने लगता :

हँसि-हँसि पनवा खियउला गोपी चनवा

और फिर कहता, "बबुआ जी, अब पच्छिम का भी एक सुनाये देता हूँ।" और उसकी गावाज गूँजती :

साँझे बोलै चिरई, औ सकारे बोलै मोरवा
कोरवा छोड़ि दे बलमा, भोरवा होइगे भिनसरवा,
कोरवा छोड़ि दे बलमा।

तब मेरी शादी नहीं हुई थी और पत्रकारिता का काम कभी-कभी उबाऊ लगने लगता था। पहाड़ पर हमेशा छायी रहने वाली बदली से मन उदास हो जाता। बाजार में शुद्ध आटा कभी-कभी महीनों नहीं मिलता और तरकारियाँ मुरझायी और बासी होतीं। कभी स्थानीय दोस्तों से झड़पें हो जातीं या प्रेस से कोई रचना अस्वीकृत हो जाती तो मन बुझने लगता। शहर में केवल एक क्लब था, जिसमें लोग रमी खेलते या चुपचाप शराब पीते। टूटा-फूटा सिनेमा हाल था जिसकी कुर्सियों में खटमल रेंगते रहते थे। इस शहर में केवल चाँद का निकलना एक महत्त्वपूर्ण घटना होती थी। लगता सिंदूर से भरा एक सुनहला थाल किसी ने आकाश में निलंबित कर दिया है। गर्मियाँ शुरू होतीं तो किसिम-किसिम की तितलियाँ प्रथम प्रणय

की स्मृतियों की तरह चारों ओर मँडराने लगतीं और शहर कृष्णचूड़ा तथा राधाचूड़ा के लाल, गुलाबी फूलों से भर जाता। लेकिन कुल मिलाकर मैं एकाकी महसूस करता और जब नगीना मेरे घर आता, उसकी उपस्थिति में मैं एक राहत पाता—

"घर में कौन-कौन है नगीना ?"

"सौतेली माँ है, घरवाली है, तीन लड़की, सबका सादी कर दिया, एक छोटा-सा छोकड़ा है—राम जियावन। माँ बाबा बहुत पहले मर गये। काका हैं, वही घर-द्वार, इज्जत, पसु-परानी सब देखते हैं। एक बीघा माटी है। लस्टम फस्टम चल जाता है साहब !"

"नगीना, आजकल इतने उदास क्यों दिख रहे हो ?"

"अरे छोड़ीं सरकार, हमनी का गरीब-गुर्गा बानी···" वह विशुद्ध भोजपुरी में बोला था।

"बताओ भी भई, क्या बात है ?"

"हमारे इलाके के पुराने जिमींदार बाबू साहब बाड़ँ, माटी-बाड़ी सब बिक गयी। किसी तरह आसाम मुलुक माँ आये। बड़ा बदमास बा। दिन-भर कुली का काम करता है, अउर रात में गाँव का मालिक बन जाता है। एक दिन खूब पी गया दारू। खा पी के चित्त। लगलैं गारी बकै। हम कहलीं, 'देखीं बाबू साहब, नसा-वसा करना ठीक नहीं है।' बस चढ़ बैठा हमपे। बड़ी मार मरलस।"

बार-बार कहने पर भी नगीना थाने पर नहीं गया था। मैंने धीरे-धीरे देखा कि वह टूटता जा रहा है और बड़ी तेजी से उसके बाल पक रहे हैं और कमर झुक रही है।

एक दिन कुलियों के सरदार जवाहर सिंह यादव से मुलाकात हो गयी। वह मुझे एक तरफ ले जाकर पूछने लगा, "साहब नगीना के बारे में कुछ सुना आपने ?"

"नहीं तो ! क्या हुआ ?"

"नगीना इस टैम थाने में है। साला बहुत दारू पी गया और बाजार

में हल्ला-गुल्ला करने लगा। क्या बोलेगा आपसे ! घर से लौटकर नगीना पगला हो गया है, साहब !"

"वह बेचारा तो दारू नहीं पीता था।"

"इस बार जब बिहार गया, उसकी सौतेली माँ को गाँव के एक बड़मनई ने छेड़ दिया। नगीना से बर्दाश्त नहीं हुआ और वह उनसे उलझ गया। बड़ी मार पड़ी उस पर। आसाम आने के टैम अपने छोकरे रमजियवना को साथ ला रहा था, लेकिन एम० एल० ए० साहब के भाई उसे स्टेशन से पकड़ कर ले गये। नगीना के बाप ने कभी दो सौ रुपये का रिन लिया था। रम जियवना घर का काम करके रिन पटा रहा है और नगीना यहाँ दारू पी-पी कर पगला रहा है।"

मैं नगीना को छुड़ा लाया। लेकिन छूटने के तीसरे दिन उसने फिर मारपीट की। नगीना ठेले वालों की एक पिकनिक मना रहा था। जब वह मांस खरीदने गया, कसाई ने छेड़ दिया, "ओ बिहारी बुद्धू, क्या सत्तू खा-खाकर अपना माथा नष्ट कोर लिया है। भात खाओ, भात !"

"हे मियाँ, ठीक से बात करो, नहीं तो बाँगलादेश भेज देगा।"

नगीना ने नहले पर दहला लगाया था और बात बढ़ गयी थी। उसने कसाई को पीट दिया था और खुद भी मार खा गया था। इसके बाद बहुत दिनों तक मैंने नगीना को नहीं देखा।

मैं शहर की जटिलता और अपनी व्यस्तता के कारण नगीना की अनुपस्थिति के प्रति उदासीन-सा हो गया। होम गार्ड ऑफिस के बरामदे में अब कुली लोग नहीं सो सकते थे और रेलवे प्लेटफार्म पर सोने के लिए उन्हें स्टेशन मास्टर की जेब गरम करनी पड़ती थी। शहर टैक्सी और आटो-रिक्शा का मोहताज नहीं था अब। यह समय ठेलेवालों के लिए भयंकर था। मैंने समझा, नगीना किसी दूसरे शहर चला गया।

इधर फ्रीलांसर के रूप में मैं अपनी पहचान बना रहा था। पूर्वांचल पर मेरी एक किताब छपी थी और शादी के बाद अपनी घरेलू जिम्मेदारियों

को लेकर मैं काफी व्यस्त था। दिसम्बर का जाड़ा शुरू हो गया था। दिन भर मूसलाधार वर्षा हुई थी और लोग-बाग आठ बजते ही घरों में समा गये थे। मैं भी जल्दी ही सो गया था। अचानक मेरी नींद टूट गयी। कॉलबेल जोर-जोर से बज रही थी। मैं उठा। बारिश थम चुकी थी, लेकिन बाहर सर्द हवा थी, चीखती-चिंघाड़ती हुई।

"कौन है?" मेरी आवाज में झुंझलाहट थी।

"बबुआ जी हम हईं—नगीना। तनी खोलीं न।"

नगीना सामने खड़ा था, लगता था, उसकी उम्र कई साल बढ़ गयी है। बीच-बीच में उसे खाँसी का दौरा पड़ता और वह खाँसते-खाँसते दुहरा हो जाता। साथ में एक लड़का था—नगीना की सत्य प्रतिलिपि की तरह। मैंने दोनों को अन्दर बुला लिया। काजीरंगा मेल जा चुका होगा। मैंने सोचा।

"सर, ई हमार लड़का राम जियावन बा। अभी-अभी आवा है काजीरंगा मेल से। देश में तो बड़ा जुलुम होइ गवा बबुआ जी, गाँव में बड़मनई लोगों ने घर जला दिया। काका और इसको मारा-पीटा और इसकी माई का धरम बिगाड़ दिया। काका अधमरा होइ गइलैं अउर एकरा माई ने गले में फँसरी लगा ली।" नगीना फुक्का फाड़कर रोने लगा।

मैंने बाप-बेटे को चौके में भेजा। नौकर ने चूल्हा जलाया। दो-चार बचे-खुचे पराठे दिलवाये और किसी तरह रात कटी। सुबह होते-होते नगीना की हालत बिगड़ गयी। अस्पताल में उसे भर्ती कराया और राम जियावन को अपने घर में शरण दिया।

नगीना को टी० बी० हो गयी थी। दिन-ब-दिन उसकी काया झर रही थी और दवा-दारू से खास फायदा नहीं हो पा रहा था। मैं राम जियावन को लेकर सरकारी दफ्तरों की खाक छान रहा था। लोग उसकी कहानी रस लेकर सुनते, जातिप्रथा और जातिगत राजनीति पर भाषण झाड़ते, पर कोई भी राम जियावन को नौकरी देने को तैयार नहीं था। रोजगार दफ्तर में अधिकारियों ने साफ कह दिया कि इसका बाप ही आसाम में तीस

साल से रहा है, लेकिन इसकी शिक्षा-दीक्षा बाहर हुई, अतः इसका रजिस्ट्रेशन सम्भव नहीं है।

"राम जियावन, नेता लोगों से कुछ नहीं कहा तुमने ?" एक दिन मैंने पूछा।

"कौन सुनेगा गरीब की साहब, जनता, भारतीय जनता, कांग्रेस—बड़ मनई लोगों के लिए—लोकदल भूमिहार और जाट-जादव के लिए और साम्यवादी कामरेड लोग लफ्फाजी के लिए…" वह बोला।

"क्यों ?"

"हम लोग वामपंथी नेताओं से मिले। कामरेड रतन सिंह गाँव आये, जाँच के लिए। एक पंडित जी के घर ठहरे थे। वे ठाकुर लोगों के दोस्त थे। खूब आवभगत की। ठाकुर ने शायद कमरेड की सेवा के लिए दो-चार बोतल भेज दिया। फिर सब चुपचाप। पुलिस आयी। दो-चार गाली मुझे देकर चली गयी। लगता है, साहब, भगवान भी गरीबों के लिए बेरहम हो चला है।" और लड़का जार-बेजार रोने लगा।

राम जियावन अब जार्ज बन चुका है और ईसाइयों के एक स्कूल में नाइट चौकीदार का काम कर रहा है। उसका सीना नगीना से चौड़ा है और उसकी बिलासपुरिया पत्नी स्कर्ट पहनकर उसके साथ घूमती है। अब वह 'गुड मार्निंग सर' कहने लगा है और उसकी आँखें न तो संकोच से झुकती हैं और न ही अनावश्यक विनय से। उसे देखकर मन को राहत-सी मिलती है, लेकिन उसकी कहानी यहीं खत्म नहीं होती।

पिछली 26 जनवरी को चर्च रोड पर राम जियावन मुझसे टकरा गया। वह लड़खड़ाकर चल रहा था और उसकी आँखें चढ़ी हुई थीं। लगता था, उसने खूब पी है। मुझे देखकर वह कुछ लज्जित-सा हुआ, फिर 'गुड ईवनिंग सर' बोला। फिर कुछ सोचकर मेरे एकदम करीब आ गया।

मैंने कहा, "कैसे हो राम जियावन—सारी, जार्ज ?"

"प्रभु ईसा ने मुझ गरीब को सब कुछ दिया साहब !" उसने अपने

सीने पर एक क्रास बनाते हुए कहा, "लेकिन वह शक्ति नहीं दी कि उन दो मनहूस रातों को भूल सकूँ—जब मेरी माँ ने आत्महत्या की और जब मेरा बाप मरा।"

शीत लहरी और असम-आन्दोलन के कारण गणतन्त्र दिवस की संध्या बड़ी बुझी-बुझी-सी थी। अचानक नगीना की मृत्यु का दृश्य एक दुःस्वप्न की तरह मुझे कचोटने लगा। तिल-तिल कर मरता हुआ नगीना और अस्पताल में घंटों कफन और अंतिम संस्कार के लिए तरसती हुई उसकी मजबूर लाश। मुझे सब कुछ याद आ गया। एक-एक पैसे को दाँत से पकड़ते हुए हिन्दू व्यापारी, निर्मम अफसरशाह, ढपोरशंखी नेता—सब लोग—नगीना के जीवन और उसकी मृत्यु से उदासीन हो गये थे। किस तरह अपने पास से पैसे लगाकर और गरीब कुलियों के चंदे से मैंने नगीना की लाश को ठिकाने लगाया था और सदमे से बीमार पड़ गये राम जियावन की दवा करायी थी। सब कुछ आज मुझे याद हो आया है। हिन्दू राम जियावन दर-दर की ठोकरें खाता फिरा। मन्दिरों ने उसे दुतकारा। 'बड़मनई' लोगों ने ठोकरें लगायीं। धर्म परिवर्तन के बाद वह अपने पाँव जमीन पर टिका सका है। उसकी चाल में एक ठसक है। सलीके से कटी मूछों ने उसके चेहरे की अनगढ़ता दूर कर दी है, किन्तु उसकी आँखों में अभी भी गहन अवसाद है। उन दो रातों को वह अभी नहीं भूल पा रहा है। क्या वह अतीतजीवी है?

बाहर हवा थम चुकी थी। शहर जगमगा रहा था। राम जियावन आगे बढ़ गया। उसकी पीठ देखकर मुझे नगीना याद हो आया। कोई कुली गा रहा था—

साँझे बोले चिरई हो, सकारे बोले मोरवा

आग

वह फरवरी की एक बेहद सर्द रात थी। अमावस्या, असमिया अमावस्या की घुप अँधेरी रात जब आसमान एक ऊँघते हुए बदशक्ल बुड्ढे की तरह दिख रहा था और तारे किसी अफीमची की चिलम के बुझते अंगारों की तरह टिमटिमा रहे थे। अभी मुश्किल से साढ़े आठ या नौ बजे थे, लेकिन लगता था कि आधी रात है। मनीष अपने दोनों साथियों के साथ चुपचाप आगे बढ़ता जा रहा था। उसे दसियों साल पहले के दिन याद आये जब आदिवासी रातें उसे ढेर सारा सुकून देती थीं। पहाड़ों के आदिम अँधेरे में वह किसी सूनी पगडंडी को पकड़कर दूर तक घूमने निकल जाता था एक

यायावरी नशे में और ज़ोर-ज़ोर से गाने लगता था—

सुखन की शम्मा जलाओ, बड़ी उदास है रात
दिलों की खैर मनाओ, बड़ी उदास है रात।

लेकिन आज की यह रात रोमांटिक कतई नहीं थी। असम प्रवास में शान्ति अब एक यादगार बनकर रह जायेगी, उसने सोचा और उसका दिल बुझने लगा। वह अपने पहाड़ी कस्बे को कई किलोमीटर पीछे छोड़ आया था जहाँ उसकी पत्नी अपने दो साल के बच्चे के साथ थी। असम में चुनाव की घोषणा होते ही हवा में दहशत-सी छा गयी थी। वह अपने छोटे-से परिवार की सुरक्षा को लेकर चिंतित था, क्योंकि चुनाव नज़दीक आते ही साम्प्रदायिक सद्भावना घटने लगी थी। उसके मुहल्ले से ही सटा वह इलाका था जहाँ 'उसपार' से आये अपरिचित चेहरों ने अपना अड्डा बनाया हुआ था। एक अपरिभाषित भय ने उसे दबोच लिया।

"रुक जाओ तिवारी ! देखो इधर एक कद्दावर आदमी आ रहा है। कहीं कोई खुफिया तो नहीं ?" सौरभ बरुआ बोल पड़ा।

"मुझे बीच में आ जाने दीजिए।" कनक सिंह हजारिका ने उस ठिठुरती रात में भी माथे पर चुहचुहा आये पसीने को पोंछा और बीच में खिसक आया।

"स्साला भय-पदुरा (साला, डरपोक) !" मनीष ने कनक सिंह को झिड़का, "कौन कहेगा कि तुम उन्हीं लाचित के वंशज हो जिन्होंने मुगलों को पछाड़ा था ? हर जगह तुम्हें भूत दिखायी पड़ते हैं।"

और तीनों झाड़ियों में एक तरफ दुबक गये। कद्दावर आदमी अब और नजदीक हो गया था। वह टार्च जलाता और बुझा देता। सौरभ बरुआ ने उसे ध्यान से देखा और बोल पड़ा, "मेरे पीछे आओ, यह सी० आर० पी० या असम पुलिस का आदमी नहीं लगता। चाल एकदम गावँलिया (देहाती) और सिविलियन है।" फिर उस सूनी पगडंडी पर उसकी जोरदार आवाज गरज उठी, "ठहर जाओ, आगे मत बढ़ना नहीं तो गोली मार दूंगा।"

कद्दावर आदमी चिहुँककर रुक गया और उसके मुँह से एक आर्त 'हे हरी' निकल पड़ा।

"आगे बढ़ो, अपना आदमी लगता है।" वे तीनों झाड़ियों से निकले और लपक लिए।

"मोक ने मारिबो, ने मारिबो मोक" (मुझे मत मारिये, मत मारिये मुझे) मेरे गाँव के लोगों ने असम आन्दोलन का समर्थन नहीं किया है।" आदमी गिड़गिड़ाया।

उसकी बोली के विशुद्ध देशज लहजे ने उन तीनों को आश्वस्त किया। अब टार्च जला लिए गये। वह पचास के आस-पास का एक संजीदा देहाती था, गन्दुमी रंग, खिचड़ी बाल और बायें पाँव में पोलियो का हलका असर।

"खुरादेव (चाचा जी), हम लोग शहर से आये हैं। आज कल देश की जो हालत है—अपने घर में भी बैठ पाना मुश्किल है। थोड़ा कहना ज्यादा समझना।" सौरभ बरुआ अब कामरूपी में बात करने लगा।

अपरिचय का कुहासा धीरे-धीरे छँटने लगा। बुड्ढे ने समझ लिया कि वे तीनों आन्दोलन समर्थक हैं और चुनाव बहिष्कार करने के इरादे से अपना शहर छोड़ कहीं छुप जाने के लिए भाग निकले हैं।

'आइए, ठहरने के लिए झोंपड़ी मिल जायेगी, रूखा-सूखा निमक-भात भी है। दायें से मुड़िए। बायीं तरफ वाली पगडंडी एक ऐसे गाँव में जाती है जहाँ विदेशियों ने अपना किला-सा बना रखा है। उधर जाना खतरनाक है।" बुड्ढे की आवाज सधी और चौकन्नी थी।

अब वे चार थे और पहाड़ी पार कर दायीं तरफ मुड़ रहे थे। उनकी बातचीत फुसफुसाहटों में बदल गयी थी, हालाँकि आसपास कोई दुश्मन नहीं था। तेज हवा से दरख्तों के पत्ते बजने लगे और एक घाघस की मनहूस आवाज जंगल की चुप्पी तोड़ने लगी।

"साला विमंगल!" बुड्ढे ने घाघस को गाली दी और अपने गाँव लंकाम मौजाकी पतली रोशनी से मुखातिब हुआ। वह बारह-पन्द्रह घरों

का एक अदना-सा आदिवासी गाँव था—कछारी, करबी, मनीपुरी और असमिया किसानों का एक अजायबघर-सा। तीन तरफ जंगल और पहाड़ों से घिरा हुआ—एक तरफ खुली घाटी थी जहाँ बंगलादेशियों के गाँवों का जाल बिछा हुआ था। उनमें से एकाध गाँव काफी संपन्न थे। उनके दो-मंजिले घरों में जलती न्योन लाइट उस आदिवासी गाँव को जैसे मुँह चिढ़ा रही थी। दिन डूबते ही गाँव में पहरा शुरू हो गया था और नौजवान लड़के हाथ में लाठी, दाव और भाले सँभाले वतन की रखवाली कर रहे थे।

"लंकी, की खबर ?" बुड्ढे ने पहरेदारों के लीडर को अपनी सधी आवाज में पुकारा। नौजवान ने लालटेन की बत्ती बढ़ा दी और तीनों चेहरों को पढ़ने लगा।

"अरे तिवारी सर, आप कैसे हम गाँवलिया (देहाती) लोगों के बीच भटक पड़े ?" लंकी ने हाथ जोड़कर अभिवादन किया।

"कैसे हो लंकी ?" मनीष मुस्कराया, "अपने बुरे दिनों में हम तीनों दोस्त तुम्हारे ही मेहमान बन गये—बिना बुलाए ही। ये सौरभ बरुआ है—इंजीनियर, ये हैं—कनक सिंह हजारिका जल्दी ही एक्सट्रा असिस्टेंट कमिश्नर बनने वाले हैं और खुरादेव, मुझे तो आप जानते ही नहीं हैं। मनीष तिवारी—हिन्दी मास्टर, गवर्नमेंट ब्वायज़ स्कूल," मनीष लंकी से बात करते-करते अचानक बुड्ढे से मुखातिब हो गया।

"बूढ़ी, सहर से हाकिम लोग आये हैं। कुछ खाने का जुगाड़ कर," बुड्ढे ने मेखला चादर और एरी शाल में लिपटी एक अधेड़ औरत को हुक्म दिया। औरत ने अदब से अपना सर ढका और सहमकर बोलने लगी, "सर, आप लोग हमारे बुड्ढे को क्यों परेशान करते हैं ? हम गरीब लोग हैं। चुनाव हो या न हो, विदेशी लोग असम से बाहर जायें या न जायें—हमें क्या लेना-देना है ?"

"दुर मेंढुकी कहीं की !!! ये साहिबान अपने लोग हैं ! पुलिस इन्हें जबरदस्ती एलेक्शन डिवटी पर न भेजे इसलिए सहर से भाग आये हैं, सहर में तो पुलिस छापा मारकर लोगों को पकड़ रही है।"

उस कच्चे घर में मिट्टी के तेल से जलनेवाली ढिबरी टिमटिमा रही थी। चुनाव पास आते ही किरासन तेल और मोमबत्तियाँ बाजार से गायब हो गयी थीं।

औरत चौके से चार कप चाय बना लायी। दो घूंट अन्दर जाते ही ठंड से ठिठुरती उनकी उँगलियों में हरकत हुई। वे तीनों बुरी तरह पस्त थे लेकिन गाँव वालों की बातें मजेदार थीं और वे तीनों भगोड़े देहाती आतिथ्य से आश्वस्त हो गये थे।

"पता नहीं क्या होगा? पिछले दो हफ्तों से रात में कोई नहीं सोता।"

"कल अतिथि लोग (विदेशी नागरिक) एक लालुंग गाँव जलाने आये थे। दो घरों में बंदूकें थीं सो गाँव बच गया।"

"नवगाँव और गुवाहाटी में मौत-सा सन्नाटा छाया है। केवल बम के धमाकों से पता चलता है कि यहाँ आदमी हैं।"

"नौकरीपेशा लोग शहर छोड़कर अंडरग्राउंड हो गये हैं। अगर गिरफ्तार करके चुनाव पर भेजे गये तो आन्दोलनकारी पोलिंग स्टेशन पर उन्हें धुन डालेंगे।"

सौरभ बरुआ ने सिगरेट सुलगा ली। हजारिका और तिवारी झपकी लेने लगे। वे जंगली और पहाड़ी सफर से चकनाचूर हो गये थे।

"सर, थोड़ा लीजिए जाड़ा कटेगा" बुड्ढे ने बाँस के चोंगों में आदिवासी बीयर रख दी। कनक सिंह ने नागा मिर्च दाँतों के नीचे दबायी और सीसी करने लगा। बीयर काफी कड़क थी। चारों चुपचाप चखने लगे।

"खुरादेव, दुइ गोराकी अरू आहिसे।" (चाचाजी, दो और लोग आये हैं) लंकी ने बाहर से आवाज दी।

"कौन लोग हैं?"

"डा० सार्थे क्रमसा और हाईस्कूल के असिस्टेण्ट हेडमास्टर बदीउज्जमा।"

"अन्दर भेज दो।"

"बोरा चाचा, क्या एक बंगाली मुसलमान को, जिसके माँ-बाप कभी मैमन-सिंहिया थे, गाँव में शरण देना अच्छा होगा ?" गाँव के कुछ लोगों ने आशंका व्यक्त की। शहरी मेहमानों से बातचीत करने कुछ और लोग बोरा के घर में चले आये थे।

"मैं केवल इतना जानता हूँ कि बदी उज्जमा ने एक असमिया लड़की का हाथ पकड़ा है, उनके बच्चे असमिया पढ़ते-बोलते हैं और उन्होंने अपना पूरा जीवन असमिया बच्चों को आदमी बनाने में लगाया है। वे हमारे मेहमान हैं, उनको हम अपने गाँव से कभी दुतकार नहीं सकते।" बुड्ढे ने गुस्से में अपना पूरा गिलास खाली कर दिया।

डा० सार्थे क्रमसा मास्टर बदीउज्जमा के साथ कमरे में दाखिल हुए। बदीउज्जमा साँवले, गंजे और कद्दावर आदमी थे। आदिवासी मेहमान-नवाज़ी से पूरी तरह आश्वस्त थे; निश्चिन्त होकर चारमीनार के कश ले रहे थे। अधिकांश कर्मचारियों की तरह उन्होंने भी चुनाव का बहिष्कार किया था। इसके बावजूद गाँव के कुछ लोग उनके आने पर आशंकित हो उठे थे।

"क्या यह खुफिया है !"

"हो सकता है। शायद पता लगाने आया है कि यहाँ बंदूक है या नहीं। फिर बगल के गाँवों में जाकर अगर के व्यापारी शेखों के कान भरकर हमारे गाँव पर हमला करवाये।"

"यहीं गिरफ्तार करके रख देंगे, सुबह होने पर ही बच्चू गाँव से बाहर निकल पायेंगे।"

"बड़ा शरीफ आदमी है बेचारा। आप लोग बेकार में परेशान होते हैं।"

मनीष और डाक्टर क्रमसा इन आदिवासी फुसफुसाहटों को सुनकर मुस्करा पड़े। दो और चोंगों में बीयर आयी और नये मेहमान भी हमप्याला बने। बाहर सन्नाटा और गहरा गया था।

"बोरा खुरा, खबरदार !!" अचानक लंकी चीख पड़ा, "बेबस्ती के

पास देखिए कितनी मशालें जल रही हैं !!! जल्दी आइए।"

सब कमरे के बाहर निकल आये। पड़ोसी गाँव एक बड़ी भीड़ से घिर चुका था।

"जोय अशोम" "जोय अशोम" !! बेबस्ती में एक नारा गूँजा जिसकी प्रतिध्वनि यहाँ तक सुनाई पड़ी।

"सुनिए, यह नारा ऐसे लोग लगा रहे हैं जिनकी मातृभाषा असमिया नहीं है। असमिया लोग कहते—ज्वय अखम। लगता है ये लोग बंगला-देशी हैं" मास्टर बदीउज्जमा बहुत चिंतित हो उठे थे। इस गाँव में एक भी बंदूक नहीं थी। उधर उपद्रवी भीड़ ने बेबस्ती में विध्वंस-लीला शुरू कर दी थी।

"अल्ला हो अकबर ! अल्ला हो अकबर !!" लगा आसमान दहल जायेगा। बंदूकें गरज रही थीं और गाँव धू-धू कर जल रहा था। बेबस्ती का हर घर अब आग की रोशनी में दिखाई पड़ने लगा था।

"वह देखो, धान के खेत भी जलने लगे।"

अचानक हजारिका की आवाज कौंधी और उसने अपना रिवाल्वर बाहर निकाल लिया।

"ठहरो, आज सरायघाट की आखिरी लड़ाई लड़कर ही जायेंगे। सब लोग अपने दाव, भाले और धनुष-बाण निकाल लो। मरना तो है ही, लेकिन मर्द की तरह लड़कर मरेंगे।"

"अरे मास्टर बदीउज्जमा कहाँ गायब हो गये ?" सौरभ बरुआ हड़-बड़ा उठे थे। पूरे गाँव में मुर्दनी-सी छा गयी। भीड़ बेबस्ती को जलाकर लंकाम मौजा की तरफ बढ़ने लगी थी। उनकी जलती मशालें आग उगलते दैत्य की असंख्य जीभों की तरह दिख रही थीं। वे अब इस गाँव के नजदीक आ गये थे।

"अगर कोई अपना मुसलमान भाई हो तो गाँव के बाहर निकल आये।" एक कड़कती आवाज ने बांगला में आदेश दिया।

हजारिका गाँव के नुक्कड़ वाले घने पेड़ पर छुपकर बैठ गया। उसकी

आँखों में खून उतर आया था। वह बड़बड़ाने लगा—

"भग गया साला मैमनसिंहिया मियाँ। अब दुश्मनों से मिलकर हमारी बोटी-बोटी नुचवा डालेगा।"

"हजारिका, पागल मत बनो। चलो कहीं छुप जाते हैं।" बुड्ढे ने विनती की, "हमें बड़ा दुःख है कि हम अपने मेहमानों को निरापद नहीं रख पाये। तिवारी सर जाइए आप लोग भी छुप जाइए। स्त्रियाँ, बुड्ढे और बच्चे पहले ही गाँव छोड़ चुके हैं।"

"सुनो, मास्टर बदीउज्जमा भीड़ से कुछ कह रहे हैं।" डाक्टर क्रमसा ने कहा,

"भाइयो, अस्सलामवालेकुम। मैं गवर्नमेंट हाईस्कूल का असिस्टेंट हेडमास्टर बदीउज्जमा अल्लाह पाक और कुरान शरीफ की कसम खाकर कहता हूँ कि मुझे और मेरे बच्चों को ये लोग शहर से उठाकर यहाँ ले आये हैं। अगर आप लोगों ने इन पर हमला किया तो ये लोग हमारी बोटी-बोटी नोच डालेंगे।"

मास्टर बदीउज्जमा की सधी हुई बुलन्द आवाज पहाड़ी पर गूँज उठी। भीड़ में एक हल्की प्रतिक्रिया हुई।

"ठहर जाओ, अपना एक भाई मुसीबत में है। कितनी नफीस मैमनसिंहिया बांगला बोलता है बेचारा?"

"हरामजादे ने अशम्मीया लड़की से शादी की है और इसका साला गण संग्राम परिषद का मेम्बर है। मरने दो स्साले को।"

"आगे मत बढ़ना भाइयो, इस गाँव में मनीपुर के लोग भी छिपे हुए हैं।" मास्टर बदीउज्जमा ने चेतावनी दी।

मनीपुर का नाम सुनते ही भीड़ काई की तरह फटने लगी। वे पहाड़ी से नीचे उतरे और बायीं तरफ की पगडण्डी पकड़ घाटी की ओर बढ़ चले। वे डर से सहमे लंकाम मौजे और जलते धुआंते, अधमरे बेबस्ती को पीछे छोड़ आये थे, जिन्हें देखकर मध्ययुगीन लड़ाइयाँ याद आ जाती थीं।

मास्टर बदीउज्जमा नमूदार हुए। अब कुल ग्यारह लोग उन्हें घेरे खड़े थे। वे इतने खुश थे कि चाह कर भी अपने रक्षक को बोलकर धन्यवाद देने में असमर्थ थे। जंगल में छुपे लोग एक-एक कर गाँव लौटने लगे थे।

दूसरे दिन सुबह पाँचों दोस्त उठे और साँस रोक कर आगे बढ़ गये। बेबस्ती में धान और गन्ने के खेत अब भी जल रहे थे। वे पुलिस को सूचना देना चाह रहे थे लेकिन खुद फँस जाने का खतरा मँडरा रहा था। उन्हें कम से कम एक हफ्ते तक, जब तक वोट की गिनती समाप्त न हो जाये 'अज्ञातवास' की जरूरत थी। पगडंडी से कुछ दूर हट कर एक और आदिवासी गाँव था, जो पिछली रात खून का घूँट पीकर बेबस्ती की विध्वंस-लीला देख रहा था। बदीउज्जमा और मनीष के तीन छात्र उस गाँव में थे और वहाँ शरण मिल सकती थी। 'पंच पांडव' (वे मजाक में अपने दल को पंच पांडव कहते थे) उसी गाँव के मेहमान बन कर दिन भर जंगल में छिपे रहे। आज प्रतिपदा की रात थी। उन्होंने पहाड़ की चोटी से आहिस्ता-आहिस्ता निकलने वाला पतला चाँद देखा, एक किसान के पैने हँसिये की तरह चाँद उगा और आदिवासी चीख की तरह डूब गया। इसके बाद अँधेरा गहराता गया। अँधेरे में ही गाँव के लड़कों ने देशी शराब और मुर्गे की बलि चढ़ा कर पूजा की, अतिथियों के साथ भुने मांस और मोटे चावल का भात खाया। बीयर का आधा ड्रम खाली कर उन्होंने दाव, बंदूक और धनुष-बाण उठाया और उत्तर की ओर लपकने लगे।

अँधेरा और गहरा गया। कबायली शराब, भुने मांस और गहरी नींद से भरपूर पाँचों दोस्त कई दिनों बाद आज चैन से सो रहे थे। हवा तेज़ होती तो बँसवारी में बाँस बजने लगते, लेकिन ये लोग घोड़ा बेच कर सो रहे थे।

रात के दो बजे मास्टर बदीउज्जमा को एक जोड़ा सख्त हाथों ने झकझोर-

कर जगाया।

"हमें सोते मेहमान को जगाना नहीं चाहिए," बूढ़ा सरदार कह रहा था, लेकिन आदिवासी इतिहास में जो आज हो रहा है वह एक देखने लायक चीज है।"

पाँचों दोस्त घर के बाहर निकल आये। घाघस की मनहूस आवाज यहाँ भी उनका पीछा कर रही थी।

"कल बेबस्ती की आग देखी थी न ? आज यह आग भी देखिए।" आदिवासी सरदार ने अपने होंठ भींच लिये।

नीचे कारबी, आंगलांग और नवगाँव जिलों की वह घाटी थी जहाँ विवादास्पद नागरिकों के गाँव थे। वहाँ के सम्पन्न घरों की न्योन लाइट आदिम आग की रोशनी में बुझ गयी थी। वहाँ आग ही आग थी—क्रूर और हठी आग—ठीक बेबस्ती की आग की तरह। अन्तर इतना था कि वहाँ 'अल्ला हो अकबर' की जगह 'वन्दे मातरम्' के नारे सुनाई पड़ रहे थे।

पाँचों दोस्त उस आग को देखते रहे और रोते रहे बाहर खड़े, चाकू-सी काटती पहाड़ी हवा से बेखबर ! कुछ देर तक सरदार चुप रहा—फिर वह भी रो पड़ा—फूट-फूट कर।

"यह होना ही था—हालाँकि हम ऐसा नहीं चाहते थे," वह बोला और फिर रोने लगा। अब उसका सख्त, आक्रामक चेहरा तेजी से बदलने लगा। उन पाँचों दोस्तों को लगा कि जान द बैप्टिस्ट पुण्यभ्रष्ट होकर असमिया गाँव में पैदा हो गया है।

आग लहक रही थी। आदिम और क्रूर आग।

नल

जब रामपुर गाँव के लोगों को पता चला कि स्वर्गीय मास्टर श्यामनंदन तिवारी के बेटे विनय की शादी मेजर ध्यानचंद कपूर की लड़की से होने वाली है तो लोग हक्के-बक्के रह गये। एक कट्टर सरयूपारीण ब्राह्मण के घर एक खत्री लड़की कैसे आ सकती है और आ भी गयी तो रह कैसे पायेगी—लोग यही नहीं समझ पा रहे थे। कहाँ राजा साहब की फौज के मेजर की लड़की कहाँ स्कूल-मास्टर का लड़का ? कुछ लोग अपनी साँस रोक कर फुसफुसाते कि शादी तो खाली रस्मअदायगी है। विनय और अम्मरपाली की आँख बहुत पहले से ही लड़ी हुई हैं। "मुला, मियाँ बीबी राजी

तो का करेगा साला काजी" नरदहे तेली ने कहा था, कि "कलजुग जल-जलाया हुआ है।"

गनेस अहिर इस बात पर फूले नहीं समाते थे कि एक राय बहादुर की नातिन और राजा साहब के भारी अफसर की लड़की उनके गाँव में बहू बन कर आयेगी। विनय को देखते ही भावविभोर होकर कहने लगते, "वा रे नर-नाहर, घर रहौ चाहे बाहर, आखिर दमाद बनेव तौ इतने भारी रहीस के ! जियौ बछेड़ा।"

जमींदारी उन्मूलन के बाद मेजर कपूर ने रियासत का सबसे अच्छा फार्म हथिया लिया था। 500 बीघे जमीन, चार कमरों का पक्का कोठार, जिससे लगा हुआ तोतापरी, लँगड़ा, चौसा और दशहरी आम का बड़ा बाग, सस्ते मजदूर और सिंचाई की व्यवस्था। मेजर जो पूरे सौ पैसे सामंतवादी थे, खेती कराने की शैली में अमरीकियों से भी आगे बढ़ गये थे। उन्होंने सबसे पहले उन ठेलुओं से अपना पिंड छुड़ाया जो बराबर फार्म पर 'मान न मान मैं तेरा मेहमान' बनते थे। फिर हलवाहों और मजदूरों को उन्होंने कसना शुरू किया। तरकारियाँ सीधी मंडी में पहुँचने लगीं और पैरा-भूसे की खैरात बन्द कर दी गयी। सिरवार की तनखाह में से एक बार दो रुपये काट लिए गये, क्योंकि उसने दो बड़ी-बड़ी लौकियाँ गाँव के पुरोहित को वैसे ही दे दी थीं। धीरे-धीरे वे 'बनिया मेजर' के नाम से विख्यात हो गये।

मेजर कपूर की सबसे बड़ी सम्पत्ति उनके तीन बेटे थे—ऐडीशनल डिपुटी कमिश्नर विशाल, इनकमटैक्स आफिसर नवीन और विनय का सह-पाठी प्रशांत, जो अब अपने फार्म और घर को सँभालता था। तीनों बेटे गोरे चिट्टे कद्दावर और मिलनसार थे। जब वे कभी गाँव आते, मिलने वालों की भीड़-सी लग जाती। वैसे गुड़ देकर पानी पिलाने की हजार सालाना परं-परा को मेजर कपूर ने बहुत पहले तोड़ दिया था। श्रीमती मेजर एक नवाब के दीवान की लड़की थीं और अपनी दोनों लड़कियों—आम्रपाली और

रत्ना—की शादी को लेकर आजकल कुछ चिंतित दिख रही थीं। उनकी हवेली में आजकल जिले के होनहार अफसरों को दिल खोलकर दावतें दी जा रही थीं। और उनके क्वाँरेपन को कायदे से नापा-जोखा जा रहा था। दोनों लड़कियाँ बनी-ठनी अपने मेहमानों को 'हलो' कहने के लिए जनान खाने के बाहर कभी-कभी निकल आती थीं। वैसे कालेज जाने के अलावा ये लड़कियाँ लगभग परदे में रहती थीं।

प्रभा तिवारी, विनय की माँ पूजा करके उठी ही थीं कि महरी ने उनसे कहा, "मालकिन, मेजर साहब कै नौकरानी आयी है।"

"बहुत अच्छी खबर लायन है मलकिन" मेजर की नौकरानी ने प्रभा के पाँव छूते हुए कहा, "विनय भइया तौ कलट्टर होइ गए। बड़े साहब मीठा और फल भेजिन है अउर ई चिट्ठी आपकै नाम।"

विनय की सफलता को एक बड़े आदमी ने इतनी मान्यता दी यह सोचकर प्रभा का मन भर आया। मेजर कपूर के कीमती लिफाफे को हाथ में लेकर वह सोचने लगीं की आखिर मेजर ने उन्हें पत्र क्यों लिखा।

"परम पूजनीय भाभी जी,

सादर प्रणाम।"

प्रभा अपनी साँस रोक कर पूरी चिट्ठी पढ़ने लगीं।

"आपको यह जान कर दिली खुशी होगी कि लाड़ले बेटे चिरंजीव विनयको भारतीय प्रशासनिक सेवा में सफलता मिली है। इस खुशी के मौके पर यह सोचकर रोना आ गया कि मेरे दोस्त भाई श्यामनंदन जी हम लोगों के बीच नहीं हैं। आपका यह तुच्छ देवर जवॉर में सबसे पहले आपको मुबारकबाद देता है। इसके साथ 5 किलो दशहरी आम, 2 किलो कश्मीरी सेब, 1 किलो मीठा भेज रहा हूँ। आपकी देवरानी, विनय की चाची ने विनय को मिठाई खाने के लिए 101 रुपये भी भेजे हैं। अगर मुख्यमन्त्री से मिलने लखनऊ नहीं जाना होता तो मैं खुद आपके दर्शन के लिए आता।

सभी लोग आपको अभिवादन कर रहे हैं।

आपका देवर

मेजर ध्यानचंद कपूर"

चिट्ठी पढ़ते-पढ़ते प्रभा की आँखें छलछला उठीं। मेजर कपूर ने केवल '67 के चुनाव में ही उनके पति को दोस्त का सम्मान दिया था। उसके पहले मेजर के दोस्त हुआ करते थे, क्लेक्टर, इंजीनियर, विधायक और मंत्री, पुराने जमींदार और स्मगलर। पति के न रहने के बाद उन्होंने भयंकर संघर्ष और गरीबी में विनय को पढ़ाया था। उन बुरे दिनों में रिश्तेदार लोग आँखें चुराने लगे थे और कोई बड़ा आदमी उन्हें भावज़ कहने नहीं आया था। भगवान ने बहुत दिनों बाद सुनी है। बेटा तो आला हाकिम हो ही गया, अब कोई सुन्दर-सी बहू आ जाए भले खानदान की, तो बेड़ा पार हो जायेगा। उनकी तंद्रा टूटी तो घाघ नौकरानी की आँखों को उन्होंने अपने चेहरे पर टिका पाया।

प्रभा की महरी ने बेल का शर्बत दिया। नौकरानी ने अपना नथ बाएँ हाथ से ऊपर उठाया और पूरा गिलास गटक गयी। प्रभा ने दस का एक मुड़ातुड़ा नोट उसके हाथ पर रखते हुए कहा, "लो, इसको रखो। आज तुम बड़ी अच्छी खबर लेकर आयी हो। अगर हमारे साहब होते तो बहुत कुछ दे डालते आज।"

नौकरानी ने कुछ आश्चर्य के साथ दस के नोट को देखा और गला साफ करने लगी। मेजर के रईस खानदान में काम करते जुग बीत गया, लेकिन दो रुपये से ज्यादा की नकद बख़शीश कभी नहीं पाया। एक खपरैल घर में रहने वाली विधवा देहातिन का दिल इतना बड़ा! उसने धीरे से प्रभा का हाथ छुआ, फिर फुसफुसायी, "मलकिन, हालाँकि हुकुम नाहीं है कि ई बात आपसे बताई, मुला बताइन देहत है। बड़े साहिब अम्मरपाली बिटिया का आपकेर घर कै बहू बनाने वाले हैं।"

"तुम वैसे ही हाँक रही हो या तुमने कुछ सुना?" प्रभा ने अपनी आंतरिक खुशी छिपाते हुए पूछा।

"हाँ मलकिन, हम अपने कान से सुना है। जैसे रेडियो बिनय भइया का नाम बोला, बड़े साहब मलकिन से बोले, 'अब जल्दी सामान ठीक करौ, मुर्गा फँसाना है।' मलकिन तौ सगुन कै लिए 501 रुपइया भेजा चाहत रहीं, मुला साहब बोले कि ज्यादा भेजै से लोग सक्क करिहैं।"

अपनी मौसी के घर विनय यह भी नहीं जान पायेगा कि एक सुन्दर रईसजादी उसके कदमों पर बिछी जा रही है, प्रभा ने सोचा और मुस्करा पड़ी। नौकरानी खूब लजीज खाना खा कर और 10 रुपये की अतिरिक्त बख्शीश लेकर लौट गयी।

फिर तो कपूर खानदान के लोग बार-बार रामपुर आने लगे। कभी प्रशांत हलवाहे की तलाश में विनय से मिलने चला आता, कभी उसकी माँ और भाभियाँ रामपुर के टूटे मंदिर में प्रसाद चढ़ाने आ जातीं। उनका पेट्रौल तब तक जलता रहा जब तक तिवारी लोगों ने शादी का प्रस्ताव मान नहीं लिया।

और शादी की तैयारी होने लगी। तिलक का दिन निश्चित हो गया था। मई का अन्तिम सप्ताह बीत रहा था। गाँव के लोग सूखे कुएँ की जगत पर बैठकर अपनी पीठें खुजलाते और सरकार तथा भगवान को कोसते। बुड्ढे किसान सड़ी गर्मी में स्नेह-संबंधियों के साथ अपने रिश्ते जोड़ते। एक-एक कर गाँव के दोनों कुएँ सूख गए। कुवानो नदी की पतली धारा पूरे इलाके के लिए प्रकाश की एक क्षीण रेखा-सी दिखायी पड़ती थी। बिजली हफ्तों गायब रहती और डीज़ल न मिलने के कारण ट्यूबवेल भी बेकार पड़े रहते।

विनय ने अभी नाश्ता खत्म ही किया था कि दो आदमी साइकिल से उतरकर उसकी ओर बढ़े। वे अपने साथ एक बड़ा पुराना नल लाए थे। पटरीदार पैजामे में जो बुड्ढा आदमी था उसने सलाम ठोंककर विनय को दो लिफाफे थमाये। नीला सुन्दर लिफाफा उसने बाद में दिया और फुसफुसा

कर बोला, "यह केवल आपका है हुजूर ! इत्मिनान से पढ़ियेगा ।" मेजर कपूर के पुराने नौकर बशीर के शिष्टाचार से विनय बेहद प्रभावित हुआ । पहला लिफाफा प्रशान्त का था । गाँव में पानी की किल्लत है यह सोचकर प्रशांत ने नल भिजवाया था । वैसे भी फार्म पर पड़ा रहता ।

दो मजदूरों की सहायता से मेजर के आदमियों ने शाम के पहले नल गाड़ दिया । बार-बार ज़िद करने पर भी उन दोनों ने बख्शीश नहीं ली और दिन डूबते-डूबते शहर वापस चले गए ।

शाम का धुँधलका धीरे-धीरे गहराने लगा था । विनय बरामदे में चारपाई पर आँख मूँदकर लेटा हुआ था । आज बाबूजी होते तो कितने खुश होते । सारी उमर जूझने में ही बीत गयी उनकी, विनय सोच रहा था । वे भी कैसे दिन थे जब बाबूजी ने मेजर कपूर से अकेले ही टक्कर ली थी । वे उन दिनों परसपुर—जहाँ मेजर कपूर का फार्म था—की माध्यमिक शाला के प्रधान थे । जब स्टेट का फॉर्म मेजर को मिला तो वे स्कूल में लगे नल के भी मालिक हो गये, क्योंकि कभी यह नल फॉर्म से उखड़वाकर स्कूल में लगवा दिया गया था । बाबूजी ने कई महीने नल उखड़वाने नहीं दिया था और वे मेजर के विरुद्ध जनमत तैयार करते रहे थे । लेकिन कानूनन वे नल के मालिक थे और अन्त में जिला विद्यालय निरीक्षक से आदेश भिजवाकर वे नल ले गये थे । बाबूजी को एक चेतावनी भी दी गयी थी कि वे भविष्य में ऐसा गैरकानूनी काम न करें । विनय उन दिनों उसी शाला की चौथी कक्षा में पढ़ रहा था । नल के हत्थे पर अंग्रेजी के टेढ़े-मेढ़े अक्षरों में किसी शब्द की ढलाई की हुई थी । बाबूजी ने उसे बताया था 'यह है मेड इन इंडिया ।' तब विनय अंग्रेज़ी पढ़ना नहीं जानता था । उसे याद है कि बाबूजी ने नल को अपनी प्रतिष्ठा का विषय बना लिया था और उस चोट को तभी भूल पाये थे जब '67 के चुनाव में मेजर कपूर खुद आकर उनके सामने गिड़गिड़ाये थे और माफी माँगी थी । धीरे-धीरे लोग पुरानी

बात भूल चले थे और प्रशान्त के व्यवहार से विनय भी प्रभावित हुआ था।

अचानक विनय की मुँदी आँखों पर एक दबाव-सा पड़ा और उसने आँखें खोल दीं। कई दिनों बाद बिजली आई थी। आँगन में लगा सौ वाल्ट का बल्ब जल रहा था। उसे लगा यह पूरी प्रक्रिया बड़ी प्रतीकात्मक है और उसकी आँखें खुल गयी हैं। तेज रोशनी में वह नल की ओर बढ़ गया। माँ भी कितनी धर्मभीरु हैं। उन्होंने नल की पूजा कर उस पर हल्दी से स्वस्तिक का चिह्न बना दिया था। नल के हत्थे पर ढली हुई पंक्ति, टेढ़े-मेढ़े अक्षरों में उसे दिखायी पड़ी 'मेड इन इंडिया'। स्साला मक्कार !!! उसने धीरे से कहा, फिर प्रभा को पुकारने लगा, "अम्माँ, ज़रा इधर आना तो।"

"क्या है बेटा ? सब्जी वाला तड़का जल जायेगा।" प्रभा बोली। बाहर आकर देखा तो लंबा-तगड़ा विनय अपनी नाक बाएँ हाथ से छू रहा था। उन्हें पति की याद आ गयी। जब भी वे उत्तेजित होते, बाएँ हाथ से अपनी नाक टटोलने लगते थे।

"क्या बेटा, एकदम अपने बाबूजी की मुद्रा में खड़े हो ? क्या बात है ?" प्रभा ने विनय को बड़े गर्व से देखा और हँस पड़ी।

"यह देखो अम्माँ ! मेजरवा ने वही नल भिजवा दिया है जो कभी बड़ी बेशर्मी के साथ बाबूजी से लड़कर उखड़वा ले गया था। मैं तो पूरी कहानी ही भूल गया था, 'मेड इन इंडिया' पढ़कर सब समझ पाया। बड़ा शातिर आदमी है स्साला !!"

प्रभा ने विनय के मुँह से पहली बार गाली सुनी थी। वे चौंककर लड़के की तरफ एक सवालिया निगाह से देखने लगीं।

"अम्माँ ! मैं यह शादी नहीं करूँगा," विनय ने धीमी किन्तु दृढ़ आवाज में कहा, "यह बड़ा टुच्चा खानदान है। सदाशयता की जगह ये लोग सियासत का इस्तेमाल करते हैं।"

प्रभा थोड़ी देर चुप रही फिर बोली, "मैं भी यह रिश्ता सौ फीसदी

नहीं पसंद करती थी, लेकिन सोचा शायद आम्रपाली मेरे बेटे को अच्छी लगती हो।"

"अरे आम्रपाली को तो मैंने अभी अच्छी तरह देखा तक नहीं है। माना लाखों में एक है, लेकिन क्या खूबसूरती ही सब कुछ है? बेहद कमीना खानदान है इन लोगों का। हाय पैसा, हाय पैसा! और तंगनज़री तो ऐसी कि शर्म को भी शर्म आये। प्रमाण चाहिए तुम्हें?" विनय ने कुर्ते की जेब से एक नीला लिफाफा निकाला और प्रभा को थमाते हुए बोला, देखहु बाँचि जुड़ावहु छाती।"

"आम्रपाली की चिट्ठी? नहीं बेटा, इसे मैं नहीं पढ़ूँगी। शायद जिन्दगी में पहली बार किसी लड़की ने तुम्हें चिट्ठी दी है।"

"पढ़ो न अम्माँ! पढ़कर धन्य हो जाओगी।" और प्रभा पढ़ने लगी।

निजी एवं गोपनीय

"प्रिय विनय,

मुझे बड़ी खुशी है कि तुमसे मेरा सम्बन्ध होने जा रहा है। आओ प्रतिज्ञा करें कि **हम दोनों** निर्मम रूप से यथार्थवादी होकर अपनी गृहस्थी बसायेंगे। यह जानकर बड़ा आश्चर्य और कष्ट हुआ है कि डैडी तिलक में केवल पाँच हज़ार देंगे और तुम लोगों ने उनकी हर शर्त मान ली है, यानी दस-बारह हज़ार में वे एक आई० ए० एस० की शादी निपटा देना चाहते हैं। प्रशान्त भैया, जो केवल एक किसान है, लगभग डेढ़ लाख रुपये पा रहे थे। मेरी इच्छा है तुम पत्र लिखकर डैडी से कम से कम डेढ़ लाख नकद की माँग करो। उनके गिड़गिड़ाने पर पिघल मत जाना। कम-से-कम एक लाख मिलेंगे। तुम लिख देना कि एक-डेढ़ लाख रुपये हाथ में लिए बगैर किसी शरीफ घर की लड़की को ब्याह कर लाना अनैतिक कार्य है।"

विनय ने एक कटु हँसी हँसकर कहा, "सुना तुम्हारी होनेवाली बहू क्या फरमाती है?" प्रभा आगे पढ़ने लगी—

"डैडी हैदराबाद के निज़ाम की तरह हमेशा पैसे की कमी का रोना रोयेंगे। पर तुम दिल कड़ा कर लेना। यह दुनिया बड़ी स्वार्थी है। लोग अपने बच्चों तक को ठगते हैं।

तुम्हारी ही,
अमिया"

"पुश्नच:—एक और ज़रूरी बात है। कोई भी योजना अभी मत बनाना। एक अलग एकाउंट बैंक में खोल लो और दहेज के सारे पैसे उसमें रखो। शादी के बाद एक लाभदायक योजना मैं शुरू करना चाहती हूँ। अपनी मदर को समझा देना कि एक हज़ार की साड़ी दस हज़ार में खरीदी है और सारे रुपए चढ़ावे के सामान में खर्च हो गये।

अमिया"

विनय के मुँह से फिर एक सभ्य गाली निकली और उसने चिट्ठी पाँव के नीचे दबा दी।

"निजी और गोपनीय का अर्थ समझती हो तुम ?" विनय ने धीरे से पूछा।

"यही कि चिट्ठी जाती है और किसी और आदमी को दिखायी न जाए।"

"नहीं ! अगर यह पत्र कोर्ट चला जाय तो आम्रपाली इसके लिए जिम्मेदार नहीं होगी। फिर पूरी चिट्ठी पेंसिल से लिखी हुई है। और संस्कार देखा ? तुम्हारे लिये लिखा है, अपनी मदर !"

"लेकिन बेटा, एक क्वाँरी लड़की की बदनामी होगी ?"

"अम्माँ ! ऐसी मेरुदंडविहीन लड़कियाँ किसी करोड़पति को फाँस लेंगी और शादी के बाद अगर कोई अरबपति फंदे में पड़ गया तो अपने पतिदेव को ज़हर देकर उसके साथ अपना मुँह काला करेंगी। कोई कैरेक्टर है…!" विनय ने अपना वाक्य पूरा नहीं किया।

दूसरे दिन विनय का पत्र पाकर मेजर कपूर बौखला उठे थे। उन्होंने तीन

बार पत्र पढ़ा था और अपना माथा पीट लिया था। चौथी बार उन्होंने अपनी पत्नी को भी पत्र पढ़कर सुनाया था—

"आदरणीय मेजर साहब,

बहुत दूर तक सोचने-विचारने के बाद मैं इस निष्कर्ष पर पहुँचा हूँ कि हमारे और आप लोगों के संस्कार और धर्म बहुत विपरीत हैं। इस सम्बन्ध को तोड़ने के अलावा और कोई चारा नहीं है। मैं एक हज़ार रुपयों का चेक भेज रहा हूँ, ताकि आपका वह सारा खर्च वापस हो जाए जो आपने इस सम्बन्ध में किया है। कल तक आपका वह परम प्रिय नल आपके घर पहुँच जायेगा, जिसके लिए कभी आपने मेरे पिता को नीचा दिखाया था और जिसे बाद में आपने उपहार के रूप में मेरे घर भेजा। आप बड़े बुजुर्ग हैं, मेरी धृष्टता को नजरअंदाज करेंगे, इस आशा के साथ,

आपका

विनय तिवारी"

कपूरानी पत्र सुन कर एकदम उछल पड़ीं जैसे किसी ने चाभी भर दी हो। फिर बोलीं, "ये स्साले हरामज़ादे देहाती भी अब कित्ते चालाक हो गये हैं। असल में तुम्हें नल नहीं भेजना चाहिए था।"

इसके बाद कपूर खानदान में होनहार क्वाँरों की तलाश फिर जोर-शोर से शुरू हो गयी।

बोहागी का प्रेमिक

मैंने सपने में भी यह नहीं सोचा था कि अधमरे, लुटे, जले और धुआँते गाँवों के मलबों से भी कोई कहानी जन्म ले सकती है और इस कहानी का नायक ? मेरा सिर भन्ना गया था उसे देखकर। एक 'टफ़ गाई' होकर भी मैं बेतहाशा चीखा था, "स्साला, उल्लू का पट्ठा ! एक भी टाँग सही सलामत नहीं और तू खून करेगा हरामज़ादा ? बहुत हँड़िया पी गया है न ? मार-मार कर कचूमर निकाल दूँगा।" और मेरा बेंत हवा में लहराता, इसके पहले ही दिमाग में यादों की एक लंबी रील कौंधने लगी थी।

अरहड़ पहाड़ीक़सबे में शाम का धुँधलका घिरने लगा है और पास की घाटी असंख्य जुगनुओं के प्रकाश से जगमगा उठी है। खरगोश के छौने इधर-उधर फुदक रहे हैं और वहीं एक आदिवासी घुटनों में मुँह छिपाये बैठा है। कभी वह भूपेन हजारिका की कविता "मोंय अरु मोर छाँह दुई-दुइव रे लगुरिया" गुनगुनाने लगता है और कभी अपने छोटे बच्चे को गोद में लेकर सिसक पड़ता है, "मत रो जान! वह स्साली मर गयी, अब कभी नहीं आयेगी।"

हम सब खट रहे थे। पुलिस कांस्टेबल और मंडल (लेखपाल) से लेकर आयुक्त और राज्यपाल के सलाहकार तक अपनी भूख-प्यास भूल कर राहत-शिविरों को लेकर परेशान थे। हम जहाँ जाते, दर्द, पाशविकता, विध्वंस और भय से हमारा साक्षात्कार होता। हमें बस काम ही काम था। उधर हम अजीबो-गरीब अफवाहों से घिरे हुए थे। कोई कहता एक शत्रुदेश ने असमिया सिखा कर एक ऐसा दस्ता आसाम भेज दिया है जो सैबोटाज करवा कर देश और सरकार की छवि बिगाड़ना चाहता है। उधर अखबार वाले स्थानीय प्रशासन की धज्जियाँ उड़ा रहे थे। इसलिए हम चौकन्ने थे और कभी-कभी चीख कर बोलने वालों को भी धर दबोचते थे। कच्चे शिविर बना दिये गये थे और सुरक्षा टुकड़ियों की गश्त बढ़ा दी गयी थी।

चाय के बाद मैंने शिविर पर एक निगाह डाली। कच्चे चूल्हों से धुआँ उठना शुरू हो गया था। एक अधजले बच्चे की मरहम-पट्टी की जा रही थी, एक बुड्ढा बंगाली पेचिश और पेट-दर्द से तड़प रहा था, एक आदिवासी नौजवान जिसकी दोनों आँखों में बलबाइयों ने तलवार घुसेड़ दी थी, देशी शराब से अपना गम गलत करने की कोशिश कर रहा था। चारों ओर दर्द का एक खौफनाक सैलाब था, लेकिन यहाँ भी कहीं-कहीं जिजीविषा दिख जाती थी। एक आदिवासी किशोर 'शोले' के डायलाग दुहरा रहा था, एक बंगाली बच्चा भटियाली गाना गुनगुना रहा था। हमें लगा

दर्द को पछाड़ कर जीवन फिर उभर आने वाला है—अपराजेय और प्राणवान।

मैं उपाधीक्षक तमोली के साथ डाक बँगले पर ठहरा हुआ था। अर्दली ने तली मछली और मांस की दो बड़ी प्लेटें रख दीं और हम व्हिस्की गटकने लगे। हमारे जोड़-जोड़ दुख रहे थे, आँखें नींद और थकन से बोझिल थीं। हिंसा, आगज़नी और विध्वंस के साथ शीत लहरी भी भड़क पड़ी थी। हमारी जीप दौड़ती रहती और हवा के सख्त कोड़े हमारे शरीर को झनझनाते रहते। लेकिन हमें घूमते रहना था। कई दिनों बाद आज हमें कायदे का खाना मिला था। हम अपने पूरे कपड़ों में ही जूते उतारे बगैर बिस्तरों पर पसर गए थे।

रात के ग्यारह बजे थे कि सिपाही बजरंग सिंह थापा ने हमें जगाया। हम हड़बड़ा कर उठे तो देखा कि आग की लाल लपटें शिविर को निगल रही थीं। हम दोनों अफसर घटनास्थल पर पहुँचें, तब तक पुलिस ने कुछ लोगों को गिरफ्तार कर लिया था। एक छोटी-सी उपद्रवी भीड़ हवाई फायर से भाग खड़ी हुई थी और हमारे आदमी आग से जूझ रहे थे। और यहीं मैं कहानी के नायक से टकरा गया था। मुझे अपनी आँखों पर विश्वास नहीं हो पा रहा था लेकिन यह सच था।

पाठको, आप यह जरूर जानना चाहेंगे कि एक जिम्मेदार अफसर होने के बावजूद मैंने नरेन को बचाने की कोशिश क्यों की थी। आखिर वह एक अपराधी था। न तो वह मुझे घूस दे सकता था और न ही मेरे घर का हल चला सकता था। फिर उस शातिर, लँगड़े आदिवासी पर मुझे इतनी दया क्यों आई? आपके इस प्रश्न का उत्तर मैं तब तक नहीं दे सकता जब तक आप मेरे साथ असम की ब्रह्मपुत्र घाटी से अरुणाचल प्रदेश के बोमदिला इलाके तक का एक काल्पनिक सफर न कर लें। यह कहानी यदि मैं नायक नरेन की भाषा में सुनाता तो वह बहुत जीवंत होती। आदिवासी शराब

के नशे में धुत नरेन ने अपनी कहानी टुकड़ों-टुकड़ों में कही थी — असमिया, आदिवासी और दिलचस्प हिन्दी भाषा में, जिसकी गालियों का तड़का और अभिव्यक्ति की आदिवासी शैली मारियो पुज़ो और षष्ठीव्रत को भी पीछे छोड़ जाती थी। लेकिन आप ठहरे हिन्दी के संस्कारवान् पाठक। सो यह कहानी आप मेरी शिष्ट किन्तु सपाट और डल शैली में ही सुनें।

नवगाँव जिले के एक आदिवासी गाँव में दस साल का बच्चा नरेन माघ-बिहू (असमिया संक्रांति) की खुशियों में डूबा हुआ था कि डाकखाने के चपरासी ने उसकी माँ के हाथ में एक तार थमा दिया। वह सन् '62 का माघ महीना था और लाख तनाव के बावजूद उस गाँव में माघ-बिहू की तैयारी चल रही थी। नरेन की माँ ने ढेर सारी जू (चावल की शराब) बना ली थी। हिरन का गोश्त पक रहा था और पूरे घर में असमिया पीठं की खुशबू उड़ रही थी। नरेन को बताया गया था कि उसका फौज़ी बाप कम से कम दो दिनों के लिए घर जरूर आयेगा।

उसकी माँ को जब यह बताया गया कि आसाम राइफल्स का सिपाही कामेसर कंप्रीसा बहादुरी से लड़ता हुआ बोमदिला की लड़ाई में मारा गया तो वह वहीं धड़ाम से गिर गयी थी। एक दिन बाद माँ-बेटे बोमदिला के लिए चल पड़े थे लेकिन तेजपुर पहुँचते-पहुँचते उन्होंने यह महसूसा कि वे अपने वतन में ही बेगाने हैं। चीनी हमले को लेकर इस कदर हड़कंप मची थी कि उन्हें तेजपुर से फौरन वापस लौटना पड़ा था और एक महीने बाद ही वे बोमदिला पहुँच पाए थे। निश्चय ही उन्हें सिपाही कामेसर की मिट्टी का अता-पता नहीं चला था और माँ-बेटे वहीं के होकर रह गये थे। माँ ने सड़क पर पत्थर तोड़ना शुरू किया था और बेटा एक पंजाबी ठेकेदार के घर खिदमतगारी करने लगा था। जिन्दगी घिसट-पिसट कर चलने लगी थी।

पंजाबी खाने और शराब पर पलकर नरेन का आदिवासी शरीर

लहकने लगा। पीली, चिकनी त्वचा, लंबा-तड़ंगा शरीर, मछलीदार जाँघें और चट्टान-सी चौड़ी छाती। वह बोमदिला में ही परवान चढ़ा। असमिया दोस्तों के साथ वह बिहू नाचता, बिहारी मजदूरों के साथ कबड्डी खेलता और आदिवासी लड़ाइयों के दर्दीले लोकगीत गाता जिन्हें सुनकर समझने वालों की आँखें गीली हो जातीं। बोमदिला में कोई त्योहार होता तो लोग उसे पकड़ कर स्टेज पर खड़ा कर देते। कुली और आदिवासी लड़कियों में उसकी चर्चा होती ही रहती थी, लेकिन वह बावरा इश्क-मुहब्बत के बारे में कुछ भी नहीं जानता था।

तभी वहाँ एक बंगाली ट्रक-ड्राइवर आया—तुषार शील। दिन-रात शराब के नशे में धुत रहता। बंगला देश की लड़ाई में दुश्मनों ने उसकी बीबी को धर दबोचा था और मसलते-मसलते उसकी आँखों के सामने ही उसे खत्म कर दिया था। खेतों में काम कर रही अपनी चौदह साल की बिटिया बासंती को लेकर अपनी जान बचा कर वह भाग खड़ा हुआ था और किसी तरह आसाम पहुँचा और फिर वहीं से बोमदिला। बासंती अपने शराबी बाप को खिलाती-पिलाती और जब वह ट्रक लेकर बाहर चला जाता, वह घर-घर, सड़क-सड़क, खेत-खलिहान घूमती रहती—एक तितली की तरह। पतला छरहरा श्यामवर्णी शरीर, हिरनी की-सी काली, डरी-सहमी आँखें और बंगाल के भटियाली संगीत-सी जादूभरी आवाज। वह तभी गाती जब कोई उसे हिल्सा मछली और खीली पान खिलाने का वादा करता और हमेशा वतन की यादों में डूबी रहती। चूँकि प्रेमियों और गरीबों की कोई जात नहीं होती, नरेन और बासंती एक-दूसरे को चाहने लगे, हालाँकि उनके बीच देश, सभ्यता और भाषा की बड़ी-बड़ी दीवारें थीं।

शादी होने पर बंगाली बासंती को नरेन ने असमिया नाम बोहागी दिया, माँ के गहने दिए, कर्ज लेकर तीन कीमती मेखला-चादर के जोड़े दिए और उसके बाप को तीन बोतल अंग्रेज़ी शराब दी। उनका तीन सदस्यों वाला परिवार तब और छोटा हो गया जब उसकी माँ को अपना पुराना घर-गाँव

बेहद याद आने लगा और एक दिन वह बोमदिला छोड़कर वापस नवगाँव लौट आयी ।

नरेन अब तीन बच्चों का बाप बन चुका था । वह बोहागी को सर-आँखों पर बिठाता और सजी-धजी बोहागी पान चबाती हुई सब ओर मँडराती रहती। तुषार शील बार-बार अपने दामाद से रुपए उधार माँगता और शराब पीकर धुत् रहता । उधर महँगाई सुरसा के मुँह की तरह बढ़ती ही जा रही थी। नरेन दिन-रात काम करके टूट जाता । अरुणाचल प्रदेश के पहाड़ उसे थका देते । बार-बार मलेरिया की चोट सहकर उसका स्वास्थ्य गिरने लगा। रातों में वह सिर-दर्द से छटपटाता रहता और बोहागी घोड़ा बेचकर सोती रहती। थकन और कुपोषण से वह चिड़चिड़ा होने लगा । उधर बोहागी का सौंदर्य पद्मा के पानी की तरह चढ़ता गया। वह बनी-ठनी चारों ओर डोलती रहती ।

इन्हीं दिनों नवगाँव के मियाँ सुलेमान अली ने बोमदिला में काठ का व्यापार शुरू किया। उसके चार बड़े हाथी जंगल में लकड़ी के लट्ठे खींचते नजर आते । इन हाथियों के सारे महावत बाँगलादेशी थे जो '71 में असम आकर नवगाँव जिले में बस गये थे । वे मैमनसिंहिया बांगला बोलते और मजरूल का श्यामा संगीत गाते रहते । इन्हीं में से एक था करीमुल्लाह, दुबला-पतला, सींकिया पहलवान, आबनूस के कुंदे-सा काला और फटे बाँस की सी आवाज। पहले वह तुषार शील का हमप्याला बना और धीरे-धीरे बोहागी और नरेन का चाचा ।

करीमुल्लाह जब जंगल से लौटता तो काठ का एक लट्ठा बोहागी के घर गिरा देता। कभी दो-चार हिल्सा मछलियाँ लेकर आता और नरेन उसे खाने के लिए रोक लेता। जब नरेन बाहर काम पर जाता, महावत सूँघते-सूँघते बोहागी के पास पहुँच जाता । दोनों मैमनसिंहिया बंगला में

बतियाते और हिल्सा मछली खाते।

और नरेन थकने लगा। पहाड़ों की चढ़ाई, ऊब, थकान, मलेरिया और चिड़चिड़ाहट। बैसाख बिहू नजदीक आ गया था। माँ का बुलावा आया और नरेन अपने तीनों बच्चों के साथ अपने गाँव चला गया। बार-बार कहने पर भी बोहागी साथ न गयी। वे सन् '80 के दिन थे और असम में 'विदेशी भगाओ' आन्दोलन चल रहा था। नवगाँव जिले में बाँगलादेशियों का जमकर विरोध हो रहा था।

"एक विदेशी से शादी करके तूने अच्छा नहीं किया नरेन!" उसकी माँ ने एक दिन उसे टटोला।

"हाँ माँ, बोहागी अब मुझे प्यार नहीं करती," नरेन ने धीरे से कहा, "अरुणाचल के पहाड़ मुझे थका देते हैं। थकान से चकनाचूर होकर जब लौटता हूँ तो कहती है कि तू लकड़ी चीर। क्या मैं ट्राइबल औरत हूँ जो लकड़ी चीरूँगी और खेत गोड़ूँगी? आजकल वह जू (चावल की शराब) भी नहीं बनाती। दिन-रात साली काजिया (झगड़ा) करती रहती है।"

"वह अच्छी औरत नहीं है रे! मैंने कहा था न कि तू पछतायेगा। तेरे घर कोई आता-जाता तो नहीं?"

"बस एक आदमी आता है—बाँगलादेशी मियाँ करीमुल्लाह, हाथी का महावत है। उसका मालिक उसे बहुत मानता है। वही कभी-कभी हिल्सा मछली और बिलायती शराब लाता है।"

"सर्वनाश! मेरे बेटे, तू नहीं जानता कि मछली की लालच में कुछ औरतें कितना नीचे गिर सकती हैं। तू अपनी औरत पर शासन करना सीख। चल, इस बार मैं खुद चलकर देखती हूँ।"

जब नरेन अपनी माँ और बच्चों को साथ लेकर बोमदिला लौटा, बहुत देर हो चुकी थी। करीम ने बोहागी को घने जंगलों के बीच किसी गाँव में छुपा दिया था। घायल शेर की तरह दाव लेकर नरेन करीम पर टूट पड़ा,

लेकिन ठेकेदार के गुंडो ने उसे धर दबोचा। उस पर लाठियाँ बरसती रहीं।

जब नरेन अस्पताल से निकला उसकी दोनों टाँगें इस तरह बेकार हो गयी थीं कि वह घिसट-घिसटकर चलने लगा। अब अरुणाचल के पहाड़ों पर काम करके पेट पालना असम्भव था। नरेन का परिवार वापस आसाम लौट आया। नवगाँव और कारबीआँगलाँग जिलों की सीमा पर एक छोटा-सा कसबा जन्म ले रहा था। वहीं बस गया नरेन। पी० सी० यस० के बाद एक्स्ट्रा असिस्टेंट कमिश्नर के पद पर मेरी पोस्टिंग यहीं हुयी थी। यहाँ जीवन उतना जटिल नहीं था। बहुत तेजी से मकान, सड़क, बाजार, और दफतर बनाये जा रहे थे। ठेकेदारों को लेबर और अफसरों को नौकरों की जरूरत थी। नरेन की माँ मेरे घर काम करने लगी और उसकी बड़ी लड़की पुलिस उपाधीक्षक तमोली के घर। वहीं नरेन मेरे सम्पर्क में आया।

एक जीवटदार आदिवासी की तरह नरेन अपनी ट्रैजेडी झेल रहा था। अपने परिवार की सुरक्षा के लिए वह दिन-रात काम करता। अफसरों के घर दावतों में ऊपरी काम के लिए जब वह आता तो खाने के बाद मांस और मछली के कुछ टुकड़े वह अपने बच्चों के लिए जरूर ले जाता। एक बार उसे मैंने आदिवासी भाषा के वह लोकगीत गाते सुना था, जिसमें बिरही नायक सावन के बादल से अपनी प्रेयसी के पास अपना सन्देश भिजवाना चाहता है। आदिवासी मेघदूत का यह बीसवीं सदी का गायक मुझे कभी कालिदास सा लगता कभी यक्ष सा। कभी उसे देखकर मुझे मैथ्यू आर्नल्ड के 'फारसेकेन मरमैन' की याद आती तो कभी वह ग्रीक पुराणों के अभिशप्त नायक सैमसन की तरह लगता। जब पहाड़ी कसबे में शाम का धुँधला गिरने लगता और पास की घाटी असंख्य जुगनुओं के प्रकाश से जगमगाने लगती, वह घुटनों में मुँह छुपाये बैठा दिखता। या कभी-कभी भपेन हजारिका की कविता गुनगनाता:

"मोइ अरु मोर छाँह दुइ दुइव रे लगुरिया।"
("मैं और मेरा साया एक-दूसरे के साथी हैं।)

क्वाँरपेन की ऊब और उस गाँवनुमा कसबे के अकेलेपन से परेशान मैं नरेन को बुलाकर उससे बतियाता वह शराब पीकर कुछ ज्यादा खुलता और मुझे उपदेश भी देता, "साहब, आप मायकी (औरत) का फंदा में कब्भी मत पड़ना। ये साला बड़ा लेतरा (गंदा) लोग होता है। पहले सनेह-मरम दिखाएगा, पीछू में डींगी (गला) काट के रख देगा…"

नरेन धीरे-धीरे जम रहा था कि असम में '83 के चुनावों की घोषणा हो गयी। जिस तरह अपनी मृत राख में से फीनिक्स पक्षी जी उठता है, असम आंदोलन जीवित हो उठा। इसके साथ-साथ असामाजिक तत्व भी सक्रिय हो उठे। पूरा नवगाँव जिला भयंकर उपद्रव की चपेट में आ गया। इसी बीच नरेन को पता चला कि बोहागी नवगाँव के गाँव में हैं और वह चुपचाप कसबा छोड़ कर जागी रोड इलाके के किसी गाँवों की ओर चला गया।

तीन साल के बाद नरेन को सामने देखकर बोहागी फूट-फूट कर रो पड़ी, "अरे अभागा तू यहाँ कैसे टपक पड़ा ? जल्दी से खिसक जा यहाँ से। करीम बाहर गया है। कहीं मिल गया तो तुझे जिंदा नहीं छोड़ेगा।"

"तू इतनी दुबली क्यों हो गयी है ? बीमार चल रही है क्या ? "नरेन का दिल पिघलने लगा।

"अब क्या बताऊँ तुझे ? मेरी ही मति मारी गयी थी। बड़ा हरामजादा निकला यह महावत; बोहागी के आँसू रूकने का नाम नहीं ले रहे थे।' अपनी दोनों असमी बीबियों को घर में रखता है लाड़-दुलार के साथ और मुझे मुआ उन अफसरों के पास भेजता है जिनसे उसे काम निकालता रहता है।"

नरेन इसके आगे और कुछ नहीं सुन सका और चुपचाप वहाँ से चल पड़ा।

चुनाव समाप्त होते-होते पूरा इलाका जलने लगा था। हजारों लोगों की तरह करीमुल्लाह को भी सपरिवार शरणार्थी शिविर में आना पड़ा। बस उनके साथ केवल बोहागी नहीं थी।

नरेन उस दिन सूँघता हुआ कैम्प तक पहुँच गया। उसके बाद एक भीड़ आयी—दाब, भाले, धनुष-बाण और पट्रोल बांब से लैस। कैम्प पर हमला हुआ। नरेन एक घायल चीते की तरह करीमुल्लाह पर पिल पड़ा। पूरी ताकत के साथ उसने करीम की दोनों जाँघों के बीच भाला मारा और एक चीख के साथ उसका प्रतिद्वन्दी वहीं ढेर हो गया।

भीड़ खदेड़ी जा चुकी थी। आग पर काबू पाया जा रहा था। गिरफ्तार लोगों के बीच नरेन भी था जो मुझे देखकर पागल की तरह चीखने लगा था, "खतमकर दिया बिस्सासघाती को। हमारा बोहागी से धँधा कराता था मादर···। अब चाहे जेल हो चाहे फाँसी। हमघंटा परवाह नहीं करता।'

"स्साला लँगड़ा। उल्लू का पट्ठा !! जमीन पर पाँव रख पाने तक की ताकत नहीं और तू खून करने चला है? शराब चढ़ गयी है न स्साले? मार-मार कर हलुवा टाइट कर दूँगा। "मैं चीखा था।

लेकिन वह अकड़ गया था, "हाँ-हाँ, सर, हमने अकेला इसे खतम किया है। जो चाहो कर लो साहब !"

और मेरे आदमियों ने नरेन के हाथों में हथकड़ी डाल दी। बोहागी का प्रेमिक अब एकदम निश्चिन्त था।

प्रतिशोध

फागुन की धूप लहकने लगी थी। नरमारौजा और सोनालिका के गदराये बालों पर ओस की बूदों ने अभी-अभी आँखे मूँदी थी। दाँत बजा देने वाला जाड़ा बीत रहा था लेकिन पछुवा का तेवर अभी भी आक्रामक था। कोई और दिन होता तो इस समय तक पूरा गाँव खाली हो गया होता लेकिन आज की बात ही और थी। लगभग आधा गाँव ही रामआसरे अहीर के घर जमा हो गया था। बच्चों को दूध पिलाती औरतें, गाय भैसों के चरवाहे, बैलों को नाद से हटाकर आते हुए किसान और गाँव के मालिक सत्यपाल सिंह ठाकुर खुद—ये सबके सब बहुत सक्रिय हो उठे थे इन तमाशबीनों के

भारी-भरकम हलके-फुलके जिम्मेदार, गैर-जिम्मेदार संजीदा और बेलौस जुमले हवा में तिरने लगे थे।

"आखिर औरत जात ही ठहरी न।

"गला काट गयी आठ साल की लड़किनी का। गू ही खाना था तो एकाध साल और रूक जाती।"

"हम कहेन रहा न ?" ठाकुर सत्यपाल सिंह गरजे,

"पछुवा से पुरवा चलै, राँड़ बात जब हँसि कै करै,

वे बरसैं ये करै भतार, भइडर के मन इहै विचार।"

एक जोर दार ठहाका लगा था और गाँव के घाघ लोग ठाकुर के इस "आप्त वाक्य" पर वाह-वाह कर उठे थे।

लेकिन फुलवा उर्फ बजरहा की आठ साल की बिटियाँ मुनिया खाली रोये जा रही थी; जार-बेजार। लोग धीरे-धीरे खिसकने लगे थे। बाकी बची थी मुनिया और उसका पन्द्रह साल का भाई रामपति। गाँव वालों ने बजरहा की प्रशंसा में अवधी की छँटी हुई गालियों का इस्तेमाल किया था और फागुन की धूप लहकने लगी थी।

पचीस साल पहले फुलवा रामआसरे अहीर की बहू बनकर इस गाँव में आयी थी। लम्बी, छरहरी, तीखे नाक नक्श। रंग साँवला था पर चिकना और आँखों में चुभने वाला। वह उल्टे पल्लू की साड़ी बाँधती और सहर को 'शहर' तथा 'टैम' को 'टाइम' कहती थी। मुस्कराती तो गाल में गढ़े पड़ते और गाती तो लगता कोयल कूक रही है। बखरी के ठाकुर तक उसकी चिरौरी करते गाने के लिए और तब वह अपना प्रिय गाना टेरती—

जुलमी जालिम जुन्हैया हो रामा,
जुलमी जालिम जुन्हैया।

हालाँकि उस गाँव में कोई शेख सादी नहीं था जो उस पर कविता लिखता लेकिन उसके बायें गाल पर एक तिल था। जब फुलवा ठाकुर के

खेत में हल चलाते रामआसरे के लिए 'नहारी' (नाश्ता) देने निकलती, गाँव के किशोर उसकी एक झलक पाने के लिए अधीर हो उठते। निहोरे धोबी ने एक दिन बेकाबू होकर उसे "जियो हमार खरबुज्जा" कहकर छेड़ा था तो रामआसरे घायल शेर की तरह उस पर पिल पड़ा था। दो लाठी जड़ने के बाद उसने दहाड़ कर कहा था, "चाहे राजा भोज होय चाहे भोजवा तेली, हम केहू ससुर कैंहां अपने मेहरारूके तरफ आँखि उठावे न देब। खून कैनद्दी बहि जाई।"

खून की नदी तो नहीं बही थी लेकिन अफवाहों की बाढ़ जरूर आ गयी थी। एक साल बाद ही गाँव के लोग फुलवा की खाली गोद को लेकर तरह-तरह के अनुमान लगाने लगे थे। छह-फुटे, तेज तर्रार रामअसरे के पौरूष पर प्रश्न चिन्ह लगाये जाने लगे। बजरहा को शहर के किसी 'बड़े-मनई' की प्रेमिका घोषित किया जाने लगा, जिसके विरह में वह बेचारी घुली जा रही थी। कोई कहता ठाकुर के बड़े बेटे चन्दरभाल सिंह की राधा है बजरहिया। उसे दवा खिला-खिलाकर ठाकुर के वंश (बेटे) हमेशा जवान बनाये रखना चाहते हैं।

लेकिन इन सभी अफवाहों से दूर फुलवा अपने ईमानदार और स्नेहालु पति को भरपुर प्यार देती थी। वह बेझड़ की मोटी, कुरकुरी रोटियाँ बनाती और प्याज, साग तथा मट्ठे के साथ रामआसरे को बड़े लाड़ के साथ खिलाती। जेठ की तपती दुपहरिया में जब वह हल खोलकर घर लौटता, फुलवा कुएँ पर पानी भर कर, पीठ मल-मल कर देर तक उसे नहलाती। गाँव की बड़ी-बूढ़ी औरतें इस जोड़ी को देखकर सिहातीं और कहती, ऐसी जोड़ी है कि इसे देख कर आँखें जुड़ा जाती हैं। अगर भगवान करुणा-निधान एक औलाद दे देते तो सोने में सुहागा हो जाता।"

फुलवा ठाकुर की बखरी में ही काम करती। वह दही जमाती और मथती, बच्चों को सँभालती और मालकिन के पैर दबाती। गाँव के बीमार वृद्ध और गरीब दुखियों पर वह जान छिड़कती। शादियों और जन्म पर जब

गानेवालियाँ जुटतीं, फुलवा उनकी लीडरनी बन जाती । बड़ी मालकिन, चन्दरभाल की अम्मा उससे हमेशा निर्गुन सुनतीं । चाँदनी रातों में बखरी के आँगन से फुलवा का मीठा स्वर उभरता—

मौला तुमहीं से धोवइबै हो चुनरिया मैली

बाबू चन्दरभाल सिंह बार-बार दबी जुबान से उससे अपना मनपसन्द गाना गाने के लिए कहते । वह गाती और वह गाने को टेप करते । फिर अपने बाप से छिपकर वह टेप सुनते और उदास हो जाते । फुलवा की रसभरी, दर्दीली आवाज़ टेप पर सुनते-सुनते वह मन्त्रमुग्ध हो जाते और फिर खुद उसे दुहराने लगते ।

हमारे सैयाँ का रंग है गुलाबी
हमार रंग बादामी···

गाँव के छोटे लड़कों ने उन्हें कभी-कभी आम के बाग में छिप-छिप कर रोते हुए भी देखा था । लेकिन कोई नाटकीय घटना नहीं घटी थी, क्योंकि चन्दरभाल सिंह के पिता कम से कम नौकरानियों के बारे में एक निहायत शरीफ आदमी थे और जमींदारी का पुराना रोब भी दम तोड़ चुका था । साथ ही फुलवा को अपने बमभोले आदमी से बेपनाह मुहब्बत थी । दिन-रात का काम खत्म होता तो वह रामआसरे के पैर दबाती और कुछ गर्व के साथ गुनगुनाती—

"सभवा माँ चमकै सैयाँ की पगड़िया
घरवा सुलाछनि जोय ।"

लेकिन ये सब बहुत पहले की बातें हैं । पूरे सात साल बीत गये थे लेकिन फुलवा की गोद अभी भी नहीं भरी थी । चन्दरभाल सिंह चार बार बी० ए० में फेल हो कर गाँव वापस आ गये थे खेती कराने । उनकी शादी भी हो गयी थी और वे दहेज में मिले ट्रैक्टर से अपने खेत जोता करते थे । उनका गोरा-चिट्टा शरीर तेज-तर्रार अवधी धूप में काला पड़ गया था । वह दो बच्चों के बाप भी बन चुके थे और उनकी बी० ए० पास बहू बहुत

खूबसूरत थी लेकिन उन्हें पता नहीं कौन सा गम खाये जा रहा था। वह दिन-रात भूत की तरह खटते रहते ।

जून का दूसरा हफ्ता शुरू हो गया था। घंटों ट्रैक्टर चलाने के बाद, जून की सड़ी गर्मी से परेशान हो, चन्दरभाल सिंह राप्ती नदी में नहा रहे थे। शाम का धुँधलका घिरना शुरू हुआ था लेकिन नदी के तट पर लगे झाऊ के जंगलों में लगता था रात उतर आयी है। ठाकुर को लगा कोई आकृति उनकी तरफ धीरे-धीरे बढ़ रही है। वह पानी से बाहर निकले तो उन्हें अपनी आँखो पर विश्वास नहीं हुआ। फुलवा थी। उन्हें देखते ही पास खिसक आयी, "मालिक, इतनी अँधेरी रात में आप अकेले नदी में नहा रहे हैं? इतनी बैरी-दुश्मन हैं आपके।"

ठाकुर ने पहली बार फुलवा के मुँह से ऐसे शब्द सुने थे। उनका जी भर आया।

"जो बैरी दुश्मन भी नहीं कर सकते वह तो तुमने ही कर दिया। पूरे सात साल हो गये तुम्हारे सामाने हाथ पसारे लेकिन तुमने मुझ गरीब की झोली नहीं भरी। कभी जी भर बातें नहीं कीं, आँख भर देखने न दिया। इतना जुल्म सितम भी नहीं करना चाहिए।" ठाकुर की आवाज काँप रही थी। फुलवा अन्दर तक भींग गयी।

और वहीं वह दबा-घुटा बीमार-बीमार सा छायावादी प्रेम एक माँसल प्रेम में परिणत हो गया। झाऊ के जंगल हवा में हिलते रहे और राप्ती बहती रही।

फुलवा दो बच्चों की माँ बन गयी। उसका सौंदर्य फूट पड़ रहा था लेकिन राप्ती नदी के तट पर बसे खेतिहर-मजदूरों का रोजी-रोटी के लिए किया गया संघर्ष और प्रखर हो गया था। फसलें उगतीं, बढ़तीं, बाढ़ और सूखे से बरबाद होतीं। चोर-उचक्के, तस्कर, गाँव-गँवई के महाजन बरसाती मेंढ़कों की तरह चारों तरफ उगने, पनपने लगे थे। रामआसरे को धीरे-

धीरे थकान घेरने लगी थी, फिर मीठा-मीठा बुखार रहने लगा।

फुलवा ने एक दिन चन्दरभाल सिंह के पाँव पकड़े और गिड़-गिड़ा कर बोली "पहले ही नरक में एक पाँव लटका दिया है। अगर राउत (स्वामी) को कुछ हो गया तो लोक-परलोक दोनों बिगड़ जायेंगे। आप शहर में जाकर उसका दवा दारू करा आइए।"

दूसरे दिन रामआसरे मटमैली धोती, नीली कमीज और लाल गमछे में शहर के लिए रवाना हो गया। चन्दरभाल के पैसे से टी०बी० का इलाज शुरू हो गया। उसे एक साल तक सुइयाँ लगनी थीं। पौष्टिक आहार और हवादार जगह में सोना स्वास्थ्यप्रद बताया गया, एक महीने की लगातार चिकित्सा के बाद उसकी हालत कुछ सुधरी।

एक दिन चन्दरभाल सिंह ने कहा, "रामअसरे, दवा-दारू इतना मँहगा है कब तक सुई कोंचाते रहोगे ? डाक्टर ने बताया है कि एक महीने तक सुई लगना काफी है। भगवान ने चाहा तो चंगे हो जाओगे।"

और रासआसरे ने सुई लगवाना बन्द कर दिया। चार महीने बाद टी० बी० फिर भड़की और रामआसरे की जान लेकर ही गयी। फुलवा बौखला-सी उठी। चौदह साल का रमापतिया बार-बार पंजाब भाग जाने की धमकी देने लगा लेकिन फुलवा ने हिम्मत नहीं हारी। सात साल की मुनिया, जो ठीक चन्दरभाल सिंह की तरह मुस्कराती थी, बखरी का जूठन खाकर अपना गुजारा करने लगी। जैसे तैसे दिन गुजरने लगे।

विधवा होने के एक साल बाद फुलवा ठाकुर की कोठी के अन्दर गयी। बड़ी मालकिन को प्रणाम करने के बाद वह चन्दरभाल सिंह की पत्नी के कमरे में गयी और पाँव दबाने लगी।

"तुझे पता है किसने तेरे आदमी का कतल किया ?" चन्दरभाल की बहू ने तमाचा-सा जड़ा।

"कतल कैसा मालिकन ? हमारी गोदी में उन्होंने अपना दम तोड़ा था।" फुलवा ने आचानक उमड़ आये आँसुओं को पोंछते हुए कहा।

"समझने की कोशिश कर कूढ़-मग्ज ! तेरे आदमी को टी० बी० थी। डाक्टर ने शायद एक साल तक सुई लगाने को कहा था लेकिन तेरे यार ने एक महीने बाद ही सुइयाँ बन्द करवा दीं इसी बीच रोग के अधमरे कीड़े जी उठे और रामआसरे की छाती छलनी कर डाली। तेरे आशिक ने रास्ते का काँटा उखाड़ फेंका। और गुलछर्रे उड़ा मालिकों के साथ। ऐसे लम्बे-तड़ंगे छहफुटे जवान से तेरा मन नहीं भरता था। भोग अब।"

फुलवा ने अपना मत्था ठकुराइन के पाँव पर टेक कर माफी माँगी और उसी दिन शहर चली गयी। डाक्टर ने पुरजी देखकर बताया कि दवा एक साल चलनी थी।

फिर फुलवा में एक बदलाव आया। उसने अपना मातमी चेहरा उतार फेंका और हँसता-मुस्कराता चेहरा पहन लिया। गाँव के पश्चिमी छोर पर ठाकुरों के दुश्मन पल्टन खटिक का घर था, जिसने बहुत पहले ठाकुर के खलिहान में आग लगायी थी। जेल से छुटने के बाद वह ठाकुर के खिलाफ झूठी गवाहियाँ देता रहता था। फुलवा पान चबाती हुई पल्टन के घर के आस-पास मँडराने लगी।

एक दिन चन्दरभाल सिंह ने फुलवा को टोका, "आज कल तू पल्टनवा से बहुत मिलने-जुलने लगी हैं। क्या तेरा दिमाग खराब हो गया है ? मन में आता हैं उस हरामी का गला दबा दूँ।"

"रामआसरे अहीर की जान लेकर शाँति नहीं मिली क्या जो पल्टन की भी जान लेना चाहते हो ? ठाकुर, कभी तुम्हारी बिटिया मुनियाँ किसी खटिक के साथ सोया करेगी। कैसी मति-मति मारी गयी थी मेरी जो तुम्हारे साथ मुँह काला किया था ?" फुलवा बिफर पड़ी।

"जुबान लड़ाने चली है ? बोटी-बोटी नुचवा डालूँगा।" ठाकुर ने एक लात लगायी थी और फुलवा धड़ाम से गिर पड़ी।

फुलवा ने बखरी में काम करना छोड़ा नहीं। वह अक्सर चन्दरभाल की स्त्री

के पाँव दबाती और ठाकुर को देखकर पाँय लागी मालिक' कहती। फिर एक दिन एक अनहोनी-सी हो गयी। फागुन बीत रहा था। रातें बेहद सर्द, लम्बी और उबाऊ हो रही थीं। पंजाब में खालिस्तान की माँग जोर पकड़ रही थी, असम धू-धू कर जला रहा था, अमेरिका और रूस के राजनयिक सियासत में जूझे हुए थे। सुदामापुर गाँव के रामआसरे अहीर की विधवा और ठाकुर चन्दरभाल सिंह बी० ए० फेल की प्रेयसी अपने दोनों नाजायज बच्चों को छोड़कर पचपन साल के रामपल्टन खटिक के साथ प्रेम का स्वाँग रच रही थी। एक साल बाद उसने किसी पुरुष को छुआ था। बेहद नफासतपसन्द फुलवा ने पल्टन के पसीने की बू पर नाक भौं नहीं सिकोड़ी। गहरी नींद में सोये दोनों बच्चों को चूमकर उसने गाँव छोड़ दिया। धीरे-धीरे वह पल्टन के साथ नेपाल की तराई की ओर चली गयी।

दूसरे दिन ठाकुर चन्दरभाल सिंह सोकर उठे तो उन्हें तकिया के नीचे एक चिट मिली जिसे पढ़कर वह बौखला उठे। फुलवा ने लिखा था "ठाकुर, आज तुम्हारा गाँव छोड़ कर जा रही हूँ। तुम्हारे सबसे बड़े दुश्मन को अपना दोस्त बना रहीं हूँ। तुम इसी लायक थे। बुरा मत मानना—फुलवा।"

बहुत दिनों तक गाँव-जवार में अफवाह उमड़ती-घुमड़ती रही। फिर लोग सब कुछ भूल गये। छोटी ठाकुराइन अब बड़ी प्रसन्न थीं। चन्दरभाल को अच्छे मूड में पाकर कभी-कभार वह पुराना टेप बजाने लगतीं और उनके पति देवता जोर-जोर से सिगरेट पीने लगते। फुलवा का दर्दीला स्वर हवा में लहरा उठता—

हमारे सैयाँ का रंग है गुलाबी
हमार रंग बादामी।

प्रलाप एक हत्यारे का

जेल के बुर्ज पर बैठे घाघस की मनहूस आवाज़ से मेरे कान के पर्दे झनझना उठे हैं। हालाँकि अब मुझे शकुन-अपशकुन, आत्मा-परमात्मा और पाप-पुण्य जैसी बातें निरर्थक या कम से कम संदेहास्पद लगने लगी हैं। लेकिन घाघस की यह कर्कश आवाज़ लगता है मुझे मेरी आसन्न मृत्यु का सन्देश दे रही है। मेरा वश चले तो मैं इस चिड़िया की गर्दन मरोड़ दूँ लेकिन मेरी काल-कोठरी बन्द है और मेरी शिकायत पर सन्तरी लोग हमेशा की तरह भगवान का नाम लेने की राय देने लगेंगे। कई दिनों से चाँद भी नहीं दिखा जिसकी एक झलक पाने के लिए मैं बेताब रहता हूँ। बस लगातार बारिश

की झड़ी है और मैं यन्त्रवत् गुनगुनाने लगता हूँ :

"एहि प्रीति कारण सेत बाँधल,
सिया उदेस सिरी राम हे ।
सावन हे सखी सबद सुहावन,
रिमझिम बरसत मेघ हे ॥
अरे मास आषाढ़ हे । गरजे घन,
बिजुरी ई चमके सँखि हे ए ए ।
मोहि तजि कन्ता जाये परदेसा आ आ
दूर से गरजत मेघ रे···"

अब तक कंचनमाला की कई चिट्ठियाँ आ चुकी हैं । इस भोली लड़की पर बहुत गुस्सा आता है । आखिर यह मुझसे उसी तरह क्यों नहीं चिपक गयी जैसे सुनीता चिपकी थी ? तब शायद यह सब नहीं होता जेल की ऊँची दीवारें हैं जिनकी शक्ल उतनी ही बदसूरत लगती है जितनी घाघस की आवाज मनहूस । बहुत सारे कैदी दिन भर की मशक्कत के बाद लम्बी तान कर सोते हैं, लेकिन मेरी रातें भी उतनी ही उनींदी, उदास हैं, जितने दिन । बस, यह सोच कर थोड़ा सुकून मिलता है कि 29 अगस्त को यह सारी चिन्ता, घुटन और तड़पन समाप्त हो जायगी और शेष रहेगी मनीष बरुआ नाम के होनहार किन्तु अभागे पत्रकार की अनकही कहानी ।

वे 1972 के दिन थे और दुर्गापूजा की छुट्टियाँ नजदीक आ रही थीं । सुबहें ताज़गी से भरपूर, अलसायी किशोरियों-सी लगतीं और शामें अपनी गहमा-गहमी से रंगीन और खुशदिल । उन दिनों काटन कालेज गुवाहाटी, जहाँ मैं, कंचनमाला और सुनीता एक साथ पढ़ते थे, एक अजीब अफ़वाह से गूँज उठा था । लोग इस बात से बेहद परेशान थे कि मनीष बरुआ नाम का यह खूबसूरत लड़का सारी सुन्दर असमिया लड़कियों को नजर-अन्दाज कर एक साँवली बंगालिन से क्यों इश्क फरमा रहा है । कंचनमाला रेलवे कालोनी के पास के एक स्लम एरिया में रहती थी । बाप खलासी था और

माँ क्षय रोग की मरीज। उसके इलाके में गन्दगी ही गन्दगी थी—सड़ते पानी और कीचड़ की गन्दगी, फूल के धुआँते, नमीदार घरों की गन्दगी, देशी शराब की गन्दगी। बस सारी बदबू के बीच कंचनमाला नाम का खुशगवार हवा का झोका था, जिसे देखकर रवीन्द्रनाथ ठाकुर की कोई कविता याद आती थी।

चटक बंगाली सुन्दरता; हिल्सा माछ और रवीन्द्र संगीत से भरपूर कंचन मेरी रक्त-शिराओं पर छाती जा रही थी।

वे जिन्दा-दिली और बेफिक्री से भरे दिन होते जब मैं कंचनमाला को साथ लेकर कालेज कैन्टीन, सिनेमा हाल, कामख्या, उमानन्द और ब्रह्मपुत्र के गिर्द डोला करता और मेरे दोस्त उसे हिल्सा माछ और हमारी जोड़ी को पूर्णिमा-अमावस्या कहकर छेड़ते। यह सब मुझे बहुत अच्छा लगता, क्योंकि बचपन में ही माँ-बाप का साया उठ जाने के बाद मैं कहीं अन्दर से टूट चुका था और कंचन का मातृत्वपूर्ण सामीप्य मुझे बहुत जुड़ाता था।

लेकिन उन्हीं दिनों असम में भाषा-आन्दोलन का लावा फूट पड़ा और अपने अधिकांश तरुण असमिया साथियों की तरह मैं भी बंगालियों के प्रति पूर्वाग्रह का शिकार हो गया। इसी पूर्वाग्रह के कारण मैं कंचनमाला से दूर होता गया और सुनीता के करीब आता गया, हालाँकि सुनीता भी केवल आधा असमिया थी यानी—बाप बिहारी और माँ असमियाँ— और देखने में निहायत मामूली बल्कि बदसूरत! तब मैं इस कदर अल्हड़ था कि प्रेम और प्रतिक्रिया में कोई अन्तर ही नहीं समझ सका था और सुनीता मेरी सहधर्मिणी बन गयी थी।

शादी के ठीक पहले मैंने पत्रकारिता में स्नातक की उपाधि ली और गुवाहाटी के एक अंग्रेज़ी दैनिक में विशेष सम्वाददाता हो गया। शादी के बाद मेरे मन में एक अजीब उत्साह भर गया था। मैं सुनीता की लगभग हर बात मान लेता था। इसीलिए मैंने उसे व्यापार करने की अनुमति दे दी। वह मेरे साले के साथ पार्टनरशिप लेकर काठ के व्यापार में उतर

गयी। ससुराल वालों ने बार-बार मुझसे कहा कि मैं यह पागलपन (पत्रकारिता) छोड़कर बिज़नेस करूँ और 'तमीज' से रहूँ, लेकिन मैं उन मुट्ठी भर सिरफिरे नौजवानों में था जो सपने देखते और हवाई किले बनाते हैं। सो, उन लोगों की यह राय मेरे गले नहीं उतरी।

मेरे ससुरजी गुवाहाटी में 'फर्स्ट क्लास' कंट्रैक्टर थे और अर्द्ध शिक्षित होने के बावजूद एक पढ़ी-लिखी कुलीन असमिया लड़की से शादी कर धीरे-धीरे लाखों के मालिक बन गये थे। लोग कहते हैं कि कभी उन्होंने पीठ पर बोरे ढोये थे और किसी मारवाड़ी महाजन के घर तौला का काम किया था। ये सज्जन, भगवान इन्हें और लक्ष्मी दें, मौखिक रूप से मुझे बहुत प्रोत्साहन देते लेकिन, जब कभी फायनांस करने की बात आती, साफ धता बता देते। सुनीता के लिए मैंने खुद पूँजी की व्यवस्था की थी। लेकिन ससुराल वाले निर्लज्ज होकर हमारे पारिवारिक मामलों में हस्तक्षेप किया करते थे।

एक ही शहर में रहने के बावजूद मैं बहुत कम ससुराल जाता। वहाँ पहुँचने पर लाल, मोटे चावल का भात, मसूर की पतली दाल, लगभग पन्द्रह ग्राम बैंगन, कद्दू-आलू की रसेदार तरकारी और सबसे सस्ती मछली का एक टुकड़ा मेरे सामने परोसा जाता और मेरे आदरणीय ससुर जी बड़े अलकाबो-आदाब से बोलते, 'बेटा हम गरीब लोग हैं, निमक भात खाओ। जब से चीन का हमला हुआ है आसाम के व्यापारियों की कमर टूट गयी है।' उनका भाषण निहायत फूहड़ असमिया में शुरु होता और मुझे लगता लाल चावल का भात मेरे गले में अटक रहा है। यह बात दीगर थी कि उसी दिन उन्हें सत्तर-अस्सी हजार का चेक मिला होता और वे व्यापार को बढ़ाने की योजना बना रहे होते।

मेरी इकलौती साली विनीता जिसे मैं प्यार से 'बिन्नो' कहता था, एक पीस आमलेट मेरी थाली में डाल जाती या नौकर से फिल्टर्ड विल्स की एक डिबिया मँगवा कर मेरी जेब में ठूँस देती। यह बात मुझे बहुत कुढ़ाती कि मेरे प्रति शिष्टाचार बरतने के ठीक बाद वह अपने घर वालों को यह

बताना कतई नहीं भूलती कि उसने ऐसा क्यों किया। हालाँकि मेरे बारे में केवल एक ही बार स्कैंडिल फैला था, कंचनमाला को लेकर, और वह भी शादी के पहले पर ससुराल वालों (बिन्नो के अतिरिक्त) की यह दृढ़ धारणा थी कि मैं एक भ्रष्ट प्रकृति का इन्सान हूँ, क्योंकि सारे साहित्यकार और पत्रकार भ्रष्ट प्रकृति के होते हैं। जाहिर था कि जब कभी विनीता मुझसे मुखातिब होती वे लोग किसी बहाने उसे वहाँ से टरका देते। वैसे उन लोगों की इस धारणा के पीछे सुनीता की सुनियोजित रूप से फैलाई हुई यह अफवाह भी थी कि केवल शराब और मुक्त जीवन के आकर्षण ने ही मुझे पत्रकारिता से चिपका दिया है, अन्यथा बारह सौ रुपल्ली की इस नौकरी में रखा ही क्या हैं। उनकी इस धारणा को पक्का किया था मेरी एक मासूम कमज़ोरी ने। मैं सौन्दर्य-प्रिय तो था ही, साथ ही न्यूड पेंटिंग मेरी हॉबी थी। जब मेरी स्केचपेन स्त्री की सुडौल देहयष्टि को कागज पर उभारती या उसके शरीर के छन्द रूपायित करती, जो ठुमरी की बन्दिश की तरह सहज ही दिल के आर-पार हो जाती, तो मुझे एक आध्यात्मिक (या इसे विकृत कहूँ ?) आनन्द मिलता।

अपने इस शगल की असली व्याख्या तो मैंने कोर्ट में मनो-चिकित्सा-विद् के मुँह से सुनी। उसका कहना था कि न्यूड पेंटिंग मेरी अतृप्त कामैषणा की अभिव्यक्ति थी, कि शादी के तुरन्त बाद मुझमें जिस्म की यह भूख इसलिये भड़क उठी, क्योंकि मेरी पत्नी खूबसूरत न होने के साथ-साथ एक फूहड़ और झगड़ालू औरत थी। महीनों बाद आधा बाल्टी पानी से नहाना, हमेशा भसर-भसर पान चाभते रहना, वेषभूषा के प्रति एकदम उदासीन होना, हमेशा टर्रा कर बोलना उसके स्वभाव का अंग बन गया था। यह बात मैं चाहकर भी कोर्ट को नहीं बता पाया था कि कभी-कभी हम-बिस्तर होने के समय वह मुझे इस तरह अपमानित कर देती थी कि मुझे बेडरूम छोड़-कर बाहर चला जाना पड़ता था और वह अपनी स्थूल काया के साथ बिस्तर पर पसर कर नाक बजाया करती थी। साहित्य और ललित कला के अतिरिक्त सुस्वादु भोजन और स्वस्थ, सामान्य सेक्स का मैं शौकिन था,

लेकिन लगता था कि मुझे मेरे प्रेय से वंचित करना सुनीता का एकमात्र उद्देश्य था।

मैं एक ज़ालिम अफसर बन सकता था। या अपने ससुर की तरह पीले दाँतों और बड़ी तोंद वाला धनी व्यापारी। परन्तु मैंने पत्रकारिता चुनी थी। मैंने सोचा था कि मेरी कलम शोषण, अन्याय और कुरूपता के खिलाफ लड़ेगी मेरा यश असम से फैलकर पूरे भारत पर एक भास्वर धूमकेतु की तरह छा जायेगा, लेकिन धीरे-धीरे मैं ऐसी त्रासदी में घिर रहा था जो न केवल मूर्खतापूर्ण थी, अपितु एकदम अनावश्यक भी थी। सोकर उठता तो एक स्थूलकाय औरत का सोता चेहरा दिखता, जिस पर पान की एक पीक रेंग कर सूख गयी होती और बाहर से लौटता तो एक लालची और बदमिजाज औरत का एक मनहूस बदसूरत चेहरा। घर अब घर नहीं था एक युद्ध भूमि बन गया था जिसमें हमेशा चख-चख मची रहती थी। मैं बिखरने लगा 27 साल की उमर में उच्च रक्तचाप हुआ, फिर उभरा 'माईग्रेन' जो मेरी इच्छा शक्ति और जिजीविषा को झकझोरने लगा। सुबह होते ही मैं अपमानित कर दिया जाता, फिर मुझसे यह आशा की जाती कि मैं उस मनः स्थिति से बाहर निकल कर संसार का सामना करूँ।

ऐसी ही एक मनहूस सुबह थी जब मैं सुनीता से लड़कर बाहर निकला था। एक परिचित व्यापारी के घर वीडियों पर कोई ब्लू फिल्म दिखायी जा रही थीं। पर्दे पर पाँच स्त्रियों की नंगी तस्वीरें थी। शो खत्म होने के बाद व्हिस्की का दौर चला, फिर मैं गुवाहाटी में इधर-उधर भटकता रहा। घर लौटा तो दिल-दिमाग पर उन्हीं तसवीरों का नशा छाया हुआ था। सुनीता हमेशा की तरह बाहर थी। मैंने स्केच पेन उठायी और उन्हीं तस्वीरों को आर्ट पेपर, पर उतारने लगा। गिनकर मैंने पाँच तस्वीरें बनायीं। अन्तिम तसवीर तक मेरा कलाकर कुछ संजीदा होने लगा और मैंने सोचा कि ब्रितानी लड़की के शरीर पर एक सभ्य, सौम्य हिन्दुस्तानी

चेहरा लगा दिया जाय। मुझे उस आकृति की सुड़ौल जंघाएँ और उन्नत उरोज अश्लील से लग रहे थे। अतः उस शरीर पर एक अपार्थिव सौन्दर्य से भरपूर भारतीय चेहरा मैंने जोड़ दिया।

रात के ग्यारह बजे वह घर लौटी। साला तो बिना कुछ बोले उसे छोड़कर वापस चला गया, लेकिन वह बेडरूम में पहुँच कर चीखने लगी।

"अच्छा? प्रेयसी की छवि बनायी जा रही है?"

"प्रेयसी की नहीं, पश्चिमी औरतों की।"

"क्या पश्चिमी औरत का चेहरा ऐसा होता है?" उसने न्यूड नं० पाँच को मेरे मुँह पर मारते हुए कहा। एक सदमे के साथ मैंने यह महसूस किया कि मैंने अचेतन रूप से एक ब्रितानी धड़ पर बिन्नो का चेहरा मढ़ दिया था। अपनी इस मासूम भूल पर मैं लज्जित था और उसकी सफाई देना चाह रहा था, लेकिन वह हमेशा की तरह चीख-चीख कर भद्दी गालियाँ बकने लगी थी—"हरामजादा, तू मुझे सीढ़ी बनाकर बिनीता का शोषण करना चाहता है? वह तेरी छोटी बहिन के समान है, लेकिन पत्रकार और कुत्ते में कोई अन्तर थोड़े ही होता है?"

मैंने उसे दो-तीन थप्पड़ लगाये थे, लेकिन वह सब्र करने वाली नहीं थी, झपट कर उसने मेरा दाहिना हाथ पकड़ा और पंजे पर अपने पैने दाँत धँसा दिये। अब मेरे बिस्तर पर मेरे ही खून के छीटे थे, शराब की बू थी और बिफरती हुई एक अदद मोटी, बदसूत औरत थी जिसकी पागल ईर्ष्या मुझे जीवन भर सहनी थी।

फिर इस तरह के सीन आये दिन होने लगे। न केवल ड्राइंगरूम, बेडरूम और खाने की मेज़ पर, बल्कि खुली सड़क पर और होटलों में जहाँ मैं मन मसोस कर कभी-कभार उसे ले जाता था। मैंने उसे योग, आध्यात्म और संगीत की तरफ मोड़ना चाहा था, लेकिन उसका रवैया सम्पूर्ण असहयोग का था। दिन भर की माथा-पच्ची और खटनी के बाद जब मैं घर पहुँचता

तब वह अपने व्यापार के हिसाब-किताब में उलझी होती। जब मैं मछली में नमक ज्यादा होने की शिकायत करता, वह बोलती, "आज फारेस्ट अफसर ने मुझे डिनर पर बुलाया था लेकिन मैंने मना कर दिया, बेकार तुम शक-शुबहा करोगे, आखिर अपने इनफीरियॉरिटी काम्पलेक्स से लाचार जो हो।" में उसकी पृथुल काया और थोबड़े जैसे मुँह को हिकारत से देखता और आहत हो बिना खाये उठ जाता। जब आधा सिर के दर्द के मारे मैं तड़पता होता वह बकर-बकर करने लगती, "यह तुम्हारा माइग्रेन एक मनोवैज्ञानिक बीमारी है। कुत्ते की तरह लड़कियों के पीछे जो छुछुआते रहते हो तुम, इसलिए नेचर तुम्हें पनिशमेंट दे रही है।" जब मैं इसके बावजूद चुप रहता वह बिन्नो को फोन करने लगती, "तुम्हारे लाड़ले जीजा जी को आज प्रेयसी की याद आ रही हैं, बट अलास! देयर इज, नोबॉडी टु कंसोल द पुअर डेविल" (लेकिन अफसोस! बेचारे शैतान को सान्त्वना देने वाला कोई भी नहीं।) और वह एक अश्लील हँसी हँस कर फोन रख देती।

जब उसे ढर्रे पर लाने का हर सभ्य तरीका असफल हो गया, तो मैंने मन मसोस कर उसे पीटना शुरू कर दिया। लेकिन वह औरत अजीब मिट्टी की बनी थी। पिटती रहती और गालियाँ बकती रहती। औरत पर हाथ उठाने का दर्द मेरे मन को सालता रहता और उसे पीटने के बाद लगता कि उसके शरीर की सारी चोटें मेरी आत्मा पर उतर आयी हैं। मैं बौखलाहट में बाहर निकल जाता और खूब पीता। वैसे पीना हमेशा पीटने के बाद होता था, लेकिन धीरे-धीरे मुहल्ला, फिर पूरा शहर यह जानने लगा कि एक बदमाश पति नशे में धुत होकर अपनी शरीफ बीबी को पीटता है। एक दिन जब मेहतर-मेहतरानी सड़क पर लड़ रहे थे, मुहल्ले के एक उद्धत किशोर ने चीखकर कहा था, "मिस्टर एण्ड मिसेज मनीष बरुआ नुक्कड़ नाटक खेल रहे है।'

उस दिन फोन पर मेरे मुँह से इस कदर चुनिंदा गालियाँ निकली थीं

कि मैं स्वयं आश्चर्य-चकित हो गया था । दिसम्बर की उस ठिठुरती शाम को मेरा भूतपूर्व सहपाठी और पी० डब्ल्यू० डी० का घूसखोर इंजीनियर वर्मा मुझसे टकरा गया था । मैंने अपना दस साल पुराना ट्वीड का कोट पहन रखा था, मेरी पैंट खस्ता थी और जूतों पर मिट्टी के धब्बे लगे हुए थे। अपनी नयी ऐम्बेसेडर से उतरकर वह सीधा मेरे पास आया और चालू हो गया, "क्यों बे साले, अरुन शौरी की फिफ्थ कार्बन कॉपी ! तू इतना फटे-हाल क्यों हैं ? आज ही मैंने सुनीता भाभी को पचास हजार का चेक दिलवाया है, अब तो उनका ठेके का काम भी चल निकला है ।"

"ठेके का काम ? वह तो खाली टिम्बर बिज़नेस करती है ।"

"नहीं यार, पिछले एक साल से उनके तीन-तीन काम चल रहे हैं, मैंने एक पैसा लिए बगैर उनका बिल पास करवा दिया है । मगर तुम्हारा साला बड़ा चालाक है, खुद आता तो दान-दक्षिणा देनी पड़ती, इसलिए सुनीता भाभी को भेज दिया । और तू इधर स्साला दाढ़ी बढ़ाए देवदास बना घूम रहा है ।"

"अगर घूस और बीबी की कमाई पर जिन्दा रहना होता तो मैं भी नयी ऐम्बेसेडर में सूट पहिनकर घूमता । तुमने मुझे समझ क्या रखा है ? डोंट फार्गेट दैट आय ऐम अ जीनियस !!!" मैं निहायत रूखेपन से फट पड़ा था ।

अब मैं यह अच्छी तरह समझने लगा हूँ कि आत्म-सम्मान, ईमानदारी, आदर्शवाद जैसी बातें उन लोगों के लिए कितनी निरर्थक हैं जो एक हजार का वेतन लेकर दस साल में लखपती और पन्द्रह साल में करोड़पति हो जाते हैं । मेरी इस बेहूदा बात पर वर्मा खिलखिलाकर हँस पड़ा था और उसकी वह ठंडी क्रूर हँसी मेरे मन के आर-पार हो गयी थी । बिना कुछ बोले मैं वहाँ से चल पड़ा और सबसे नजदीक के टेलीफोन पर चीखने लगा था, "आदरणीय ससुर जी, किससे पूछकर आप सुनीता को ठेकेदारी करा रहे हैं ? मैं यह नहीं चाहता कि आपको करोड़पती बनाने के लिए मेरी बीबी बदचलन अफसरों के घर और दफतर में धक्के खाती

फिरे ।"

फोन पर मैंने उनकी तीन लहसुनी डकारें सुनीं । फिर वे हिन्दी में गरजे, "क्या मैं इतना गया-बीता हूँ कि अपनी लड़की के पैसे को हजम कर जाऊँगा ? कहना नहीं चाहिए, लेकिन इसीलिए तुम पढ़े-लिखे लोग दाने-दाने को मोहताज रहते हों ।"

मुझे इंजीनियर बर्मा की बात याद आ गयी । बड़ी शान से वह कहा करता, "कौन साला ठेकेदार कामयाब हुआ है इस पेशे में जब तक उसने अपनी बीवी, बेटी को चाँदी की प्लेट में रखकर बिल पास करने वाले अफसर को पेश न किया हो ।" और उसका यही जुमला मैं फोन पर दुहरा गया था "मैं दाने-दाने का मोहताज हो सकता हूँ लेकिन लखपती बनने के लिए बहिन-बेटी को चाँदी की प्लेट में रखकर…"

मैं वही मनीष बरुआ था जो शादी के पहले डिबेट और ड्रामे को छोड़कर कहीं भी, कभी भी ऊँची आवाज़ में बात भी नहीं करता था । लेकिन अब राम नाम की तरह मेरे मुँह से गालियाँ निकलती थीं । ससुराल वालों ने मेरी गालियों को टेप भी किया था और परिचितों, रिश्तेदारों को समझा दिया था कि भूखा पत्रकार लखपती ससुर से जलता है, क्योंकि हीन-भावना का विषधर उसके मन में कुंडली मारे बैठा है ।

उस दिन कोई खास बात नहीं हुयी थी । उससे कहीं ज्यादा और तकलीफ-देह वारदात उससे पहले होती थी और उसे मैं झेल जाया करता था—कभी खीझकर, कभी शान्त होकर, कभी शराब, संगीत और न्यूड पेंटिंग्स की शरण लेकर । वैसे उसकी यह पुरानी आदत थी कि जब मैं किसी महिला से बात करता तो उसकी आँखों में एक पागलपन सा छा जाता । कभी वह अपने कूल्हे मटकाने लगती तो कभी कोई फिकरा उछाल देती । कभी बेड-रूम में जाकर मोमो (मेरी दो साल की बिटिया) को किसी बहाने पीटने लगती । कभी-कभार टॉयलेट इस्तेमाल करने के बाद, महज मुझे चिढ़ाने के लिए, जंजीर नहीं खींचती । रात में हम-बिस्तर होने के पहले लहसुन

चबा डालती। उसका यह अकाट्य तर्क था कि लहसुन की बू कम-से-कम शराब से तो अच्छी ही होती है और टॉयलेट एक ऐसी जगह है जहाँ बदबू आना 'बट नेचुरल' है। वह अपने उस ठंडे गुस्से को भी बहुत स्वाभाविक मानती थी जिसके दौरान उसने मेरे एकाध रिश्तेदारों के सिर पर जूठी चाय उँडेल दी थी और भड़कीली साड़ी पहिनने के लिए मना करने पर कहा था "ज्यादा टोक-टाक करने पर मैं दिगम्बर होकर गुवाहाटी की सड़कों पर घूमना शुरू कर दूँगी।" यह सब मेरी रक्तशिराओं को जलाने लगा था। अपने आक्रोश को जप्त करना मैं पौरुष का एक बहुत बड़ा लक्षण मानता था, लेकिन दमित क्रोध कई सालों से मेरे व्यक्तित्व की धज्जियाँ उड़ाने लगा था। मैं मुश्किल से तैंतीस का था लेकिन मेरे बाल तेजी से खिचड़ी होने लगे थे और चेहरे पर उम्र का अभिशाप मँडराने लगा था। उधर परिचितों के बीच मैं दया और खिल्ली का पात्र बन गया था।

82 बीतने न बीतते असम में चुनाव की घोषणा कर दी गयी थी और अचानक राजनीतिक सरगर्मी बढ़ाने लगी थी। वे बेहद उत्तेजनापूर्ण और थका देने वाले दिन थे और हम सारे पत्रकार दिन-रात असम आन्दोलन पर अपनी जगरूक आँखे लगाये हुए थे। मैं बहुत दौड़-धूप कर रहा था और मेरी रिपोर्टिंग काफी चर्चित भी हुई थी। मुझे उपद्रवग्रस्त इलाकों में प्रायः भेजा जाता।

मैं गुवाहाटी की एक तंग गली से गुजर रहा था। पूरे मुहल्ले पर एक मुर्दनी सी छायी हुई थी। मैंने महसूस किया कि तूफान के पहले की शान्ति थी वह। उस मुहल्ले में निम्न मध्यवित्त, बंगालियों और बंगला-देशियों के घर फैले हुए थे। पता नहीं कब वहाँ बम फट जाय या दंगा हो जाय यह कहना मुश्किल था। अचानक एक घर से एक किशोर निकला और लपक कर मेरे पास आया। उसने मेरे हाथ में एक चिट थमा दी।

"मेरे इस मौसेरे भाई की जान के पीछे कुछ लोग पड़े हुए हैं। अनुग्रह

कर इसे बचाओ और अपना भी ध्यान रखो—ये बड़े बुरे दिन हैं—सस्नेह, तुम्हारी कंचनमाला ।"

सालों बाद कंचनमाला से मिल रहा था, वह भी पत्र के माध्यम से। एक ही शहर में रहने के बावजूद हम नहीं मिलते थे। इस प्रणय-प्रसंग से निराश होकर उसने पैंतालीस साल के एक विधुर से शादी कर ली थी। कहीं भी नौकरी न मिलने के कारण वह ट्यूशन करने लगी थी। उसे लेकर मेरे मन में एक गहरा अपराध-बोध था। लेकिन हम दोनों नदी के द्वीप बन गये थे। आज उसकी चिट्ठी पढ़कर मैं अन्दर तक भींग गया था। मैंने उस लड़के को अपने साथ ले लिया। एक अदृश्य कम्बल की तरह जाड़ा वातावरण में लटक रहा था। लड़के के शरीर पर गर्म कपड़ों के नाम पर केवल एक फटा स्वेटर था। मुझे अपने पुराने दिन याद आ गये।

गौरांगदत्त ग्वालपाड़ा जिले के किस हाई स्कूल में पढ़ रहा था। बंगाली होने के बावजूद उसने असम आन्दोलन का समर्थन किया था। उसका कहना था कि उसके गाँव में बंगलादेशियों का दबदबा था और उसे जान से खत्म कर देना चाहते थे। दूसरी ओर बंगाली होने के कारण वह असमिया लोगों का भी विश्वास भाजन नहीं बन पाया था।

असम के हिन्दू बंगाली तो फुटबाल हैं मनीषदा, "उसने असमिया में कहा था। "बंगलादेशियों का साथ दें तो असमिया लोग ठोकर लगाएँ और असमिया लोगों के प्रति वफादार हो तो भागते फिरें।"

घर पहुँचकर कर मैंने गौराँग को खाना खिलाया था, फिर स्टडी में उसका इन्टरव्यू टेप करने लगा था। ध्यान से देखने पर लगता था कि प्रकृति ने उसकी संरचना में कुछ असावधानी बरती थी। उसका पूरा व्यक्तित्व स्त्रैण था। इन्टरव्यू टेप करने के बाद मैं बेडरूम में चला आया और लुँगी पहिन कर सिगरेट पीने लगा।

रात साढ़े दस बजे सुनीता घर लौटी थी। मेरा साला हमेशा की तरह उसे

छोड़ कर, मुझसे मिले बगैर, वापस चला गया था।

"नौकर को कहाँ भेज दिया?" उसने मुझे घूरते हुए पूछा था।

मैंने नहीं भेजा, वह खुद चला गया, उसकी माँ बीमार है।"

"और तुम्हारी स्टडी में कौन लेटा है।" अब उसने अपनी गोल नीरस आँखे मुझ पर गड़ा दी थीं।

"कँचनमाला का भाई है—मौसेरा। ग्वालपाड़ा में पढ़ता था। बंगला देशियों ने परेशान···"

"कँचनमाला का भाई या बहिन?" उसका स्वर काट खाने की सीमा तक कटु और व्यँग्यात्मक था।

"क्या मेडिकल कराना है उस लड़के का?" अब मुझे भी गुस्सा आने लगा था।

"उस लड़के का मेडिकल कराऊँ या तुम्हारा? आधी रात को पत्रकार महोदय लुँगी पहने एक हसीन लड़के से गुप्तगूकर रहे हैं। अब तक समझती थी कि दुर्बलता केवल औरतों तक सीमित है, लेकिन आज पता चला कि जनाब स्साला बास्टर्ड !!!" अब उसकी आवाज बाहर तक जा रही थी। एक-एक कर पड़ोसियों की खिड़कियाँ खुलने लगीं। गौरांग पर उसने एक बाल्टी ठण्डा पानी उँडेल दिया और चीख-चीख कर गाली बकने लगी। वह चुपचाप सर झुकाये बाहर निकल गया। अब पड़ोसियों ने इस नाटककी रनिंग कमेंट्री भी शुरू कर दी। मेरे तन-बदन में आग लग चुकी थी।

मेरी दो साल की बच्ची बेडरूम में गहरी नींद में सो रही थी। वह भी मेरी तरह उपेक्षित थी, क्योंकि वह मेरी ही कार्बन कापी लगती थी। इस अभागी बच्ची के भविष्य को देखते हुए मैंने कई बार ससुराल वालों से सम्बन्ध-विच्छेद के बारे में बात चीत की थी। यदि क्रोध में आकर मैंने सुनीता का गला दबा दिया तो मेरी बच्ची अनाथ हो जायेगी—मैंने उन्हें समझाया था लेकिन उनकी यह रणनीति थी कि घोड़े को तब तक दौड़ाते रहो जब तक वह थककर गिर न पड़े। मुझे लगा मैं एक ऐसे कमरे में बन्द

हूँ जहाँ न प्रकाश है, न हवा और न ही बाहर जाने का कोई रास्ता। बार-बार मेरी शिरा-शिरा ने यह महसूस किया था कि पूरी त्रासदी अनावश्यक और मूर्खतापूर्ण है। यदि सुनीता अपने विकृत सन्देह और विध्वंसात्मक स्वभाव से बाज आये तो हमारी गणना काफी सुखी दम्पतियों में हो सकती है। लेकिन अब मर्ज लाइलाज था और काबिले—बर्दाश्त भी नहीं। मेरा पूरा व्यक्तित्व हताशा और आक्रोश से झनझना उठा।

"यू ब्लडी बिच, स्टॉप दिस मैडनेस। मैं पूरी ताकत से चीखा था। उसने और ज़ोर से चीखकर कहा था, "यू ब्लडी सेक्स पर्वर्ट। यू स्टार्विंग लोअर मिडिल क्लास डॉग !! यू बोर्न आफ वन मदर ऐण्ड हंड्रेड फादर्स !!! यू रैट-फ़कर !!! यू ब्लडी होमो…"

उसके पास अंग्रेज़ी असमिया और हिन्दी गालियों का अक्षय भंडार था, एक सुनने पर दस देती थी। हर रोज की तरह मैं उस दिन भी उसकी गालियों को सह गया होता, लेकिन उसका आरोप अब बर्दाश्त के बाहर था। मैं पागल क्रोध के ज्वालामुखी में जलने लगा था। आज जब वह दृश्य याद आता है मैं काँप उठता हूँ।

मैंने निहायत ठण्डी आवाज में कहा था "सुनीता, अपनी अन्तिम दो गालियों (चूहों के साथ व्यभिचार करने वाला और समलैंगिक) को वापस ले लो। मैं अब भी तुम्हारी जान बख्शने को तयार हूँ।"

उसने मेरे मुँह पर थूकते हुए फिर कहा था, "यू ब्लडी रैट-फकर, यू ब्लडी होमो"

और मैंने उसकी नाक पर दो भर पूर घूँसे जड़ दिए थे और वह तड़प कर ठँडी हो गयी थी।

सबसे पहले पुलिस को फोन किया था मैंने। पुलिस अधीक्षक कुछ खीझकर बोले थे, "मिस्टर बरूआ, आप एक जिम्मेदार आदमी हैं, पुलिस से इस तरह मजाक नहीं करते।" मेरे विश्वास दिलाने पर उन्होंने कहा था, "तुमने क्या कर डाला यंगमैन ?"

मैं चाहता तो उनके इस इशारे पर भाग लिया होता लेकिन मुझ में

अब जूझने की न तो शक्ति ही बची थी न ही धैर्य । मैंने फिर अपने पत्र के कार्यालय को सूचना दी और अन्त में अपने ससुर जी को फोन किया ।

"क्या तुम ज्यादा पी गए हो आज ?" उन्होंने नींद से बोझिल आवाज में कहा था ।

नहीं साहब, मैंसे सचमुच इस औरत को खत्म कर दिया है। आप जल्दी ही यहाँ आ जायें ताकि मोमो लाश देखकर दहशत न खा जाय" फिर फोन पर भोजपुरी गालियाँ खनकी थीं। उनकी पहले की चिकनी-चुपड़ी लेकिन झूठ बातों की अपेक्षा गालियाँ मुझे ज्यादा ईमानदार और प्रिय लगी थीं। उनके आने के पहले ही पुलिस और प्रेस रिर्पोटर पहुँच चुके थे।

मैंने नितान्त जानलेवा परिस्थितियों में भी हार नहीं मानी थी । दस साल की उमर में अनाथ हो गया । अखबार बेचकर, ट्यूशन कर और होटलों में जूठी प्लेटें धोकर अपनी पढ़ाई पूरी की । मैं एक अच्छा इन्सान बन सका लेकिन अच्छा पति क्यों नहीं बन पाया ? जिसकी एक रिपोर्ट पर विधान सभा में बहसे होती थीं; सब तरफ सनसनी फैल जाती थी, वही आदमी पत्नी की सम्वेदना जगाने में असफल कैसे रहा ? मैं मोमो को लेकर कहीं बाहर क्यों नहीं चला गया ? सुनीता से छुटकारा मिल गया होता ?

29 अगस्त मेरी जिन्दगी का आखिरी दिन होगा । पत्रों में एक तथा-कथित दहेज़मृत्यु की खबर छप जायेगी । यह कोई नहीं समझेगा कि एक शान्त सहिष्णु और भले इन्सान की हत्या उसकी पत्नी ने कर दी । उस दिन भी सूरज निकलेगा, हवा चलेगी, लोग मन्दिरों में जायेंगे। प्रेम करेंगे। बस केवल मैं नहीं रहूँगा। मनीष बरूआ—आयु 33 वर्ष, उदीयमान पत्रकार, न्यूड पेंटिंग और थोड़ी-सी शराब पीने के अतिरिक्त कोई दुर्बलता नहीं, लेकिन, तुम एक पत्नीहन्ता माने जाओगे और तुम्हारी इकलौती सन्तान मोमो…"

"नहीं, ! नहीं !! नहीं !!!" मैं पागलों की तरह चीख पड़ता हूँ और

फूट-फूट कर रोता हूँ। पहले नन्ही मोमो का मासूम निरीह चेहरा दिमाग में कौंधता है, फिर कंचनमाला का साँवले गुलाब की पंखुड़ियों सा चेहरा। घाघस की मनहूस आवाज बन्द हो चुकी है। मैं भगवान को मन ही मन धन्यवाद देता हूँ। मरने के पहले मैं अपनी कहानी लिख कर रख जाऊँगा। मेरी बेटी बड़ी होकर इसे पढ़ेगी और समझेगी कि दोषी कौन थ।। बाहर बारिश तेज हो गयी है।

वर्षगाँठ

तेरह जनवरी की एक उदास शाम। वह खीझा हुआ था और बहुत तेज़ रफ्तार में अपनी कार चला रहा था। सड़क अनावश्यक रूप से घुमावदार थी, कहीं-कहीं उखड़ी, अन्धे मोड़ों से भरपूर और ऐसी ट्रकों से भरी हुई जिन्हें शराब के नशे में धुत आदिवासी ड्राइवर धुआँधार चला रहे थे। उसने मौसम को एक भद्दी गाली दी और उस कुहासे को अपनी बँधी हुई मुट्ठी दिखायी जो उसके सफर को अवरुद्ध कर रहा था। फिर उसने अपने आपको धिक्कारा। पहले वह इस तरह "पागल" नहीं हुआ करता था हालाँकि पहले भी यही घुमावदार सड़कें थीं, इसी तरह कुहरा होता था

और लगभग इसी तरह ट्रक-ड्राइवर धुआँधार अपनी ट्रकें चलाया करते थे।

सुकान्त को दस साल पहले की यादें कचोटने लगीं। उन दिनों वह केवल सेक्शनल आफिसर था और एक हजार से भी कम तनख्वाह मिलती थी लेकिन तब 13 जनवरी इस तरह नहीं थी। शादी के बाद की पहली सालगिरह उसे याद आयी। जब उसने आँखें खोली, सुप्रिया उठ चुकी थी। पूजाघर में चन्दन अगरबत्तियों की खुशबू और कोई संस्कृत प्रार्थना गमक रही थी।

"सुकान्त, हैपी बर्थ डे : धीरे-धीरे काफी पिओ, ब्रश करो फिर सैंडिविच बनाती हूँ।"

"बहुत जल्दी नहा लिया ? ठंडे पानी से ?"

"तो क्या हुआ ? कहाँ गली जा रही हूँ ? सोचा नहा-धोकर पवित्र हो जाऊँ। पतिदेवता तो इतने सफाई पसन्द ठहरे।"

वह मुस्करायी थी।

फिर दावतें, दोस्तों का सिलसिला पिक्चर और आउटिंग। लेकिन तब शादी हुए एक साल भी नहीं बीते थे।

किन्तु अब सब कुछ बदल गया था। सुकान्त को आश्चर्य होता कि कैसे सब लोग इतना बदल जाते हैं। वह तब तुनुकमिजाज़ नहीं था। सच्ची बात तो यह कि सुप्रिया ने उसे उसके अच्छे स्वभाव के कारण ही चुना था। वह एक रईस खानदान की लड़की थी, बाबा ब्रिटिश पीरियड में पुलिस आयुक्त थे, पिता डी० आई० जी० और इलाहाबाद में उनकी तीन बड़ी कोठियाँ थीं। वह सुन्दरी भी थी और सुशिक्षित भी। सुकान्त का स्वभाव उसे पसन्द आ गया था और शादी हो गयी थी परन्तु शादी के बाद ही सन्दर्भ बदल गये थे।

उसने अपनी कार एक कस्बेनुमा गाँव के चौराहे से निकाली। दुकानों की बायीं कतार में एक कच्चा होटल था जिसका मालिक एक चपटी नाक वाला असमिया सिख था जो अपने हाथ के बने मटनफ्राई के नाते मशहूर और

धनी हो गया था । सुकान्त ने कार पार्क कर दी और होटल के एक कैबिन में दाखिल हो गया ।

"सर, क्या खाएंगा ?" तारासिंह खुद आया ।

"सब दो भई जो हो ।"

"पीने के लिए सर ? देशी या विलायती ?"

"थोड़ा-थोड़ा सब लाओ भई ।" सुकान्त मुस्कराया और तारासिंह भी मुस्करा पड़ा ।

मेंहदी हसन की मदिर आवाज स्टीरियो पर लहरा उठी । कई महीनों बाद उसने शराब चखी थी, तारासिंह का बनाया हुआ मटनफ्राइ काफी लजीज था और संगीत उसे सहला रहा था किन्तु अतीत—एक कचोटनेवाला अतीत—उसके सामने परत दर परत खुलता जा रहा था । वह नवम्बर की एक शाम थी और इलाहाबाद के सिविल लाइंस के एक बँगले में वह जिगर मुरादाबादी की कोई ग़ज़ल गा रहा था । तभी सुप्रिया मिली थी । पाण्डे ने ही सबसे पहले उसकी आँखों के शब्दहीन सन्देश को समझा था और दूसरे दिन उसे काफी हाउस में निमन्त्रित भी किया था ।

"शायद आप मेरे दोस्त की कोई और गजल सुनना चाहेंगी," पाण्डेय ने काफी हाउस के नीम अन्धेरे में उस छरहरी, लम्बी, स्मार्ट लड़की से कहा था जो छुई-मुई हुई जा रही थी । वे पार्क में आकर बैठ गये थे और सुकान्त ने फिराक की तीन गज़लें गायीं थीं—एक के बाद दूसरी ।

और डी० आई० जी० ने चौथे दिन अपने मुँह में सिगार दबाकर कहा था वेरी स्ट्रेंज । ऐन इंजीनियर सिंगिंग गजल्स । वेल, कीप इट अप, माई यंगफ्रेंड ।"

तब दोनों का प्यार छप्पर चढ़कर बोला था । सुप्रिया उसे अंग्रेज़ी में चिट्ठियाँ लिखती, "तुम्हारे बिना मैं क्वाँरी रह जाऊँगी । अगर शादी नहीं करनी हो तो एक पुड़िया जहर भेज दो असम से ।" वगैरह-वगैरह । उन दिनों सुकान्त लखीमपुर में पोस्टेड था—बेहद एकाकी और नौजवान । बीच-बीच में मलेरिया की कृपा होती तो हफ्तों अस्पताल पड़ा रहता । वह

इन चिट्ठियों को पढ़ता और फूलकर कुप्पा हो जाता, उसे पुलिस आयुक्त की हवेली और उन लोगों की किंग्स इंगलिश याद आ जाती।

सुकान्त कच्चे होटल के केबिन में बैठकर सोचता रहा। वह इलाहाबाद के एक खाते-पीते देहाती परिवार का लड़का था, पिता मिडिल स्कूल के हेडमास्टर थे, बड़े दद्दा डिपुटी कलक्टर। छोटा-सा फार्म था और गाँव में उन लोगों की तूँती बोलती थी। उधर ससुराल में हवेलियाँ थीं, दावतें और वर्दीधारी नौकर थे; हैरो में दो साल तक पढ़ी हुई सास थीं; फ्रिजेडियर में से निकाले हुए से चिकने-चुपड़े साले थे और फ्रेंच शराब सी सालियाँ थीं—"पैलेस इन ट्रीग" था, पुलिस शाही के दाँवपेंच थे, अविश्वास का जहर था और दाँत से पैसा पकड़ने वाला दमघोंटू माहौल। इधर सुकान्त की मृदु-भाषी माँ थीं जो हमेशा हाथ बाँधे उसके पिता के सामने खड़ी रहतीं, उधर हैरो रिटर्न मदर-इन-ला थी जो अपने डी० आई० जी० हस्बैण्ड को हमेशा बुली करती रहती थी। दोनों बुड्ढे-बुढ़िया ज़िन्दगी भर लड़े थे और लड़-लड़कर रिक्त हो चुके थे। शायद तभी उनके घर की फिजा में धन-लिप्सा, सन्देह, अधिकार-प्रियता और तंगनजरी कूट-कूटकर भरी पड़ी थी। हालाँकि वहाँ अच्छा खासा इंटीरियर डिकोरेशन था, पाश्चात्य और हिन्दुस्तानी संगीत के चुने हुए रिकार्ड थे, प्रधानमंत्री और राजे महाराजे के फोटो थे लेकिन सुकान्त ससुराल जाता तो उसका दम घुटने लगता।

शराब के हर घूँट के साथ सुकान्त सोचता जा रहा था कि उसे छला गया है। शादी के दो-चार महीने बाद ही उसे अहसास होने लगा था कि "खमीरा" "भसाकू" निकल गया। वह दिनभर दफतर और फील्ड में सर खपाता, थककर जब घर लौटता तो बाथरूम में घुसते ही पेशाब का तेज भभका उसे दबोच लेता। शुरू-शुरू में उसने इशारा किया फिर साफ-साफ बताया कि गुसलखाने को यूरिनल की तरह इस्तेमाल करना बदतमीज़ी है। परन्तु कोई असर नहीं पड़ा। वह टॉयलेट जाता तो देखता जंजीर नहीं खींची गयी है और अपना सिर पीट लेता। उसने दफ्तर के मेहतर को बुलाना शुरू किया परन्तु इस खर्च को "वेस्ट आफ मनी" करार दिया

गया।

तभी से उसने चीखना शुरू किया। मार्च का महीना आता तो वह चीख-चीखकर बीमार पड़ जाता। फिर सुप्रिया ने और जोर से चीखना शुरू किया। दोनों की तू-तू मैं-मैं और चीख-पुकार पर पड़ौसी ध्यान देने लगे और अफवाहों का बाज़ार गरम हो उठा।

"सुकान्त देखो इस तरह मुझे जलील मत करो, मेरे डैडी इत्ते बड़े आदमी, पर मुझसे कभी जोर से भी नहीं बोले।"

"सुकान्त, देखो ज्यादा दरियादिल मत बनो। मेरे रईस डैडी भी कभी एक रुपये से ज्यादा की टिप नौकरों को नहीं देते और तुम हो कि होली, दीवाली बिहू और ईद पर पाँच-पाँच रुपयों के नोट की खैरात लुटाया करते हो। कहीं ऐसा न हो कि हमारे बच्चे को भीख माँगनी पड़े खप्पर लेकर।"

"सुकान्त, उस खबसूरत लड़की का क्या नाम है जो कल हमें बाज़ार में मिली बड़ी ब्लडी बिच लगती है। किस तरह घूर रही थी तुम्हें। "हालाँकि लड़की निहायत बदसूरत होती और सुकान्त उसका नाम तक नहीं जानता होता।"

"सुकान्त, चाहे तुम मेरा गला दबा दो, मैं तुम्हें पिकनिक के लिए पचास रुपये का चन्दा नहीं देने दूँगी।"

"सुकान्त, बंटी नौकर के हाथ नहीं खाना चाहता, उसे खिला दो। मैं बहुत थक गई हूँ।" उधर सरकारी चक्रव्यूह में फँसा सुकान्त खीझा होता।

"यह ठेलुओं का जमघट हमें दरिद्र बनाकर ही छोड़ेगा। पता नहीं कहाँ से बटोर लाते हैं मरमुक्खों की पल्टन?" एक बार उसने ऊँची आवाज़ में कहा था और दोस्त लोग बिना खाना खाये ही उठकर चले गये थे। एक बार आफीसर्स क्लब में किसी असमिया आफिसर ने उत्तर प्रदेश की आलोचना कर दी तो उसने अपनी गरदन झटकर बैलोस कहा था, "असैम इज़ अ लैण्ड आफ अनसिविलाइज्ड ब्रूट्स। पता नहीं मेरे हस्बैण्ड इत्ती गन्दी जगह क्यों चले आये?" और सारे अफसरों ने अपने

गिलास की शराब एक तरफ उँडेल दी थी। सुकान्त ने सबसे माफी माँगी थी और क्लब जाना बन्द कर दिया था।

फिर बंटी आया था—गौरा चिट्टा, फूले गालों और शरीर आँखों वाला; उसे लगा कि रात बीतने को है और सवेरा नजदीक, परन्तु यह भी एक छलावा निकला। नौकर, नौकरानी के बावजूद बच्चे की परवरिश केवल कामचलाऊ ही होती; सन्तरे का जूस तभी दिया जाता जब सन्तरा सूख जाता, सेब रात में दिया जाता और बच्चा कांस्टीपेशन का शिकार हो जाता, दिन डूबते मच्छरदानी नहीं लगाई जाती और उसे मलेरिया होता।

"मैरी द ब्लडी।"

"बच्चे के सिर में जुए हैं ?"

"नौकरानी ने किये होंगे।"

"बंटी भूख से चीख रहा है ?"

"चीखने दो।"

"बंटी को ठीक से कपड़े पहनाओ।"

"हर कपड़ा ठीक होता है।"

"सुकान्त, मुझे इतने सभ्य और साथ-सुथरे आदमी से नफरत है। मर्द बनो, मर्द इत्ती सफाई एक फेमनिन क्वालिटी है।"

"सुकान्त, घुड़कर मत बोलो। यह मत भूल जाओ कि तुम केवल एक सेक्शनल आफिसर थे मैं न चाहती तो तुम नाक रगड़कर मर जाते लेकिन डैडी घास नहीं डालते।"

उसकी जुबान चलती ही रहती। बंगले की दीवारे पतली थीं और पड़ौसियों के कान चौकन्ने। यह सब सुनकर वह जल उठा। एक बार तो नींद की गोलियाँ भी इकट्ठी कर ली थीं। और निगलने ही वाला था कि बंटी नींद में बड़बड़ा उठा था, "मेले पापा, अत्थी, अत्थी मित्थी लायेंगे मेले लिए" और उसने शीशी बाहर फेंक कर बंटी को गोद में उठा लिया था और फूट फूट कर रोया था।

दोनो सच्चरित्र थे, न तो सुप्रिया पर-पुरुषगामिनी थी और न ही सुकान्त परस्त्रीगामी। प्यारा बच्चा था, गाड़ी थी, नौकर-चाकर थे, एक कर्मठ और ईमानदार अफसर के रूप में उसकी अच्छी-खासी प्रतिष्ठा थी, ठेकेदार दुमहिलाते थे, आला अफ़सरान इज्जत देते थे, पब्लिक सर-आँखों पर बिठाती थी पर वह परेशान था।

सालों हो गये वह गाया नहीं। एक कलाकार की मौत हो रही थी। बहुत दिन बाद डिस्ट्रिक्ट क्लब में डी० एम० ने उसे खींच कर मंच पर खड़ा कर दिया था। वह भी थी लेकिन पति की कला पर उसे गर्व नहीं हुआ था। उसकी आँखें बराबर उन महिलाओं को टटोलती रहीं जो सुकान्त के गायन पर मुग्ध थीं और लौटने पर उसे कांप्लिमेंट मिला था, "अच्छा तो, अब समझ में आया कि सात, आठ बजे रात को तुम क्यों घर लौटते हो। जितनी प्रशंसिकाएँ तुम्हें मिली हैं, शायद जगजीत सिंह को भी नसीब न होंगी। खबरदार, अगर कभी गाया-बजाया तो इस घर में आग लगा दूँगी।" तब पहली बार उसने सुप्रिया पर हाथ उठाया था और दोनों बिना खाये-पिये सो गये थे। दूसरे दिन ही उसने अपना स्टीरियो सेट और रिकार्ड बेच डाला था।

जिस गाँव में वह पैदा हुआ था वहाँ औरतें बेहद शर्मीली थीं, पतियों के सामने सर ढँकती थीं और इधर कुछ दूसरा ही माजरा था। सुप्रिया "द सन ऑफ अ विच "और "बास्टर्ड "शब्दों का प्रयोग थोक के हिसाब से करती थी। खाना खाते समय कहती, "आज तो मुझे डीसेण्ट्री है: बड़ा आँव पड़ रहा है।" और वह चुपचाप खाना छोड़ कर चला जाता लेकिन धर्म पत्नी पर कोई प्रतिक्रिया नहीं होतीं।

"कैसे सन्दर्भ बदल जाते हैं?" कच्चे होटल में बैठा सुकान्त सोच रहा था। शादी के पहले जब वह इलाहाबाद में अपने दोस्तों पर पैसे खर्च करता, पाण्डे की लड़कियों को हाथीदाँत की कंघियाँ देता या उसे नागाशाल देता तो सुप्रिया की आँखे गर्व से चमक उठती थीं। "व्हाट अ जनरस डार्लिंग ही इज ममी, माई डियरेस्ट डियर सुकान्तू !!!" वह अपनी हैरो

रिटर्न माँ से चिपट जाती और आज भिखारी एक मुट्ठी चावल पाये बगैर उसके बंगले से लौट जाते, मेहतर व घरेलू नौकरों को चुपचाप बखशी-श देता। वह सोच रहा था कि लाइफ इज रिअली ऐबसर्ड हालाँकि वह ज्यादा कुछ बचा नहीं पाता था, घूस नहीं लेता था, कभी कभार बीमार पड़ जाता था जब गुस्सा पीते-पीते उसका रक्तचाप बढ़ जाता। लेकिन उससे कहीं बदतर परिस्थितियों में भी लोग खुश थे, स्वस्थ सामान्य जीवन बिता रहे थे। लेकिन वह अपनी "छत्तीसवीं वर्षगाँठ" अपने घर-परिवार से चालीस किलोमीटर दूर पर एक कच्चे होटल में मना रहा था जहाँ उसका एक मात्र साथी वह बिल्ला था जिसके सामने वह गोश्त के एकाध टुकड़े डाल देता था।

माँ तेरह जनवरी को दान करती थीं, बिरादरी के लोग और गाँव के पौनी-प्रजा घर पर खाना खाते थे। बाबू जी के सहकर्मी उँगलियाँ चाट-चाट कर खाना खाते और दुवा देते। और अब उसकी वर्षगाँठ इस तरह मनायी जा रही थी।

उसने तारासिंह को पैसे दिये, बेयरे को पाँच का एक नोट दिया और चलता बना। बंटी परेशान होगा—यह सोचकर वह जल्दी ड्राइव करने लगा। टाउन के पास आबकारी इंस्पेक्टर नसीरुद्दीन दिखा: वह अपने स्कूटर पर किसी लड़की को बिठाये टाउन से दूर जा रहा था। वह बाज की तरह लड़कियों पर टूटता, उनको मसलता और आगे बढ़ जाता लेकिन उसका दाम्पत्य जीवन दुखी नहीं था, उसका बैंक बैलेन्स बढ़ता जा रहा था। अब सुकान्त की कार लाला छगनमल जयपुरिया की दुकान के पास से गुजर रही थी। साँवली-सलौनी किशोरी बाई उसकी गद्दी के पास बैठी फुसफुसा कर बात कर रही थी। इस लाला का भी दाम्पत्य जीवन दुखी नहीं था हालाँकि उसकी सेठानी अच्छी तरह जानती थी कि अपने बही खाते के अतिरिक्त केवल किशोरी बाई ही उसके पति के प्रेम की अधिकारिणी थी। दस साल पहले जयपुरिया लोटा लेकर असम आया था परन्तु अब उसकी दो मिलें थीं। सुकान्त के दफ्तर के एक बाबू अपनी बीवी को पिक्चर

दिखाकर लौटे थे। लड़की चलते-चलते अपने पति से सट जाती फिर दोनों हँसने लगते। सहसा उसने ब्रेक लगायी और एक झटके के साथ कार रुक गयी। एक जोड़ा शराब के नशे में धुत्त सड़क के बीच खड़ा था।

"सलाम सरकार" पुरुष आगे बढ़ा। उसके पाँव लड़खड़ा रहे थे। "बड़ा जाड़ा पड़ता है सरकार आउर ये हमारा जनाना रामदेई बोलता है कि दारू मत पियो। आज इसको भी थोड़ा पिला दिया।"

रामदेई की गुंदुमी चेहरा लाल हो उठा, उसने अपना सर ढका और बड़े सलीके से बोली, "एकरासे बात न करीं सरकार। ई बड़हन झुट्ठा बा। ये रामबरन के बाबू, सड़किया छोड़ि दा हो।"

और दोनों में एक रससिक्त दृष्टि का आदान-प्रदान हुआ। सुकान्त सोचने लगा कि ये दोनों मेहतर और मेहतरानी भी ख़ुश हैं। अपने वतन से इतनी दूर रहकर इस गरीबी में भी इन्होंने अपने प्रेम को मरने नही दिया है। उसने पर्स टटौली और दस का एक नोट रामदेई के आदमी को थमा दिया।

"आहि ओ दादा" मेहतर शुद्ध भोज पुरी बोलने लगा, भगवान इंजीनियर साहब के बेटवा का मिनिस्टर बनाई।" उसने दोनों हाथ जोड़ दिये।

सुकान्त आगे बढ़ा पहाड़ी शहर धीरे-धीरे सुनसान होता जा रहा था। नियोन लाइट मे नहाये अफसरों के बंगले गुमसुम उदास ऊँघ रहे थे, पूरब से चाँद निकल रहा था पीलियारोग से ग्रस्त किसी बनिये के मुँह की तरह। सड़क पर दो चार पियक्कड़ लड़खड़ा रहे थे। शायद इनका भी दाम्पत्य जीवन काँटों से भरा था। सुकान्त की तरह।

पी० डब्ल्यू० डी० कालोनी के सभी बंगले जगमगा रहे थे, केवल उसका घर अन्धकार में डूबा हुआ था। नौकर ने हार्न सुनकर गेट खोला।

"बंटी भइया और मेम साहब सो चुके हैं सर, ये आपका लेटर है।" नौकर ने चिट बढ़ायी।

"शायद तुम मुझ से दूर रहकर ही अपनी वर्षगाँठ मनाना चाह रहे

हो। एक काम करो—मेरे लिए एक गुसलखाना बनवा दो जहाँ तुम्हें कभी न जाना पड़े। अगर बू से इतनी चिढ़ है कि घर छोड़ कर चले जाओ तो किसी रंभा, उर्वशी या मेनका को अपनी पत्नी बना लो जिसका शरीर अलौकिक हो—बदबू, पसीने मल-मूत्र से रहित।"

"उफ।" लगा उसका सिर फट जायेगा।

"बहादुर, बंटी ने खाना खाया ?"

"खाया साहब।"

"तुम भी जल्दी खा लो। क्या बनाया है ?"

बहादुर बगलें झाँकने लगा। किचेन में केवल एक बर्तन चूल्हे के पास था। सुकान्त ने ढक्कन हटाया—खिचड़ी थी।

वह सोने की कोशिश करने लगा। बंटी चुप-चाप, दबे पाँव उसके बिस्तर पर आ गया।

"खाना खाया पापा ?"

"खा लिया बेटे," उसने बच्चे को लिहाफ में लपेटते हुए कहा।

"मम्मी ने खाना क्या घंटा बनाया ? खिचाड़ी बनवाई। मैंने कहा जब तुम्हारा जन्म दिन आयेगा मैं सत्तू बनवाऊँगा। पापा कहाँ खाया खाना ?"

बरबस उमड़ पड़ने वाले आँसुओं को दबा कर उसने बंटी को पुचकारा, "सोजा, राजा बेटा, कल सिनेमा दिखायेंगे।"

बाहर सर्द हवा थी और पगलाये कुत्तों का शोर। पहाड़ी कस्बा किसी अफीमची-सा झपकी ले रहा था और वह अपने आप से कह रहा था, "लाईफ इज रिअली एबसर्ड।"

किस्सा हरपाल सिंह तोमर का

वे बात करते-करते शुतुरमुर्ग की तरह अपनी गर्दन एक तरफ झटकते, फिर उनकी एक उँगली अचानक आकाश की ओर उठती और दाहिना हाथ स्कंधमूल से ऊपर उठने लगता। अब धीरे-धीरे उँगली नीचे आती और मेज छूने के बाद हलके कंपन के साथ शिथिल हो जाती। उनके निहायत पतले गोरे हाथों में हरकत होती और वे गुप्त भाषा में मन्त्र-सा कुछ बोलने लगते। इस समय उनकी आँखें मुंदी होतीं, उनका कश्मीरी सेब-सा लाल मुँह विवर्ण हो जाता और एक असहाय "हे प्रभू" निकालकर धीरे-धीरे प्रकृतिस्थ होता। "जी साहब, आप क्या कह रहे थे?" वे बोलते और बड़े

सलीके से बातचीत का सिरा पकड़ लेते।

मैं धीरे-धीरे उनके बहुत नज़दीक आ गया था। वे थे भी बड़े प्यारे आदमी। रोज सुबह उठकर अपनी माँ के पाँव छूते, दिवंगत पिता के फोटो की पूजा करते, बीबी से रोज पूछकर केवल एक रुपया जेब-खर्च के लिए लाते, घंटों माला जपते, बीमार लोगों के सिरहाने बैठकर उन्हें सांत्वना देते, सहकर्मियों को बार-बार घर पर दावतें देते। फिर नागालैण्ड के उस ऊँघते कसबे में हम तीन हिन्दू आउट साइडर—शिवचन्द्र बरगोहाँई असमिया, मैं धीरेन्द्र अस्थाना बिहारी और वे हरपाल सिंह तोमर मध्यप्रदेशीय——बहुत घनिष्ट हो गये थे। रात सात बजते-बजते आदिवासी शहर किसी पियक्कड़ सा लड़खड़ाने लगता। नुक्कड़ों पर अक्सर बंबइया फिल्मों वाले अंदाज़ में द्वन्द्व-युद्ध होते तो दुकानदार शटर गिराकर अन्दर हो जाते। हमारे आदिवासी छात्र बड़े शरीफ थे और नागरिक मेहमान-नवाज़ लेकिन हम बहिरागतों के मन में अनावश्यक असुरक्षा-बोध घर कर गया था। हम तीनों धीरे-धीरे बहुत नजदीक आ गये थे। लेकिन तोमर और मेरी घनिष्ठता और गहरी हो गई थी, क्योंकि हम दोनों 'हिन्दी वाले' थे और हमें बताया गया था कि उत्तर पूर्वांचल में 'हिन्दी वालों' को मिल-जुलकर रहना चाहिए।

मैंने उन्हें पहली बार अध्यापक संघ की एक सभा में देखा था। वे सरकारी नीतियों को लेकर नाराज थे और उनका गुस्सा बेकाबू हो रहा था। उनका वश चलता तो वे नागालैण्ड की धानसिरी नदी में आग लगा देते और एक-एक कालेज लेक्चरर को कैबिनेट मिनिस्टर का सा ओहदा दिलवा देते। वे ठीक ही कह रहे थे कि हमारी बिरादरी हिन्दू विधवाओं से भी अधिक उपेक्षित है।

और वहीं से वे मुझे अपने घर लिवा ले गये थे। उनका व्यक्तित्व एक क्रुद्ध नवयुवक का था। कभी-कभी वे एक मूर्तिभंजक से भी दिखते थे, परन्तु उनके घर में देवी-देवताओं, नर-भगवानों, सिद्ध महापुरुषों, यक्ष-यक्षणियों

यहाँ तक कि प्रेत-पिशाचों के रेखाचित्रों को देख कर मुझे थोड़ी हैरानी हुई थी। श्रीमती तोमर एक छोटे कद की पतली छरहरी साँवली सी महिला थीं, जो बात-बात पर अपने पति की तरफ देखकर मुसकरा पड़ती थीं। मैंने पाया कि पति-पत्नी के बीच अपरिचय का एक झीना आवरण था। हालाँकि वे दोनों सधे अभिनेताओं की तरह अभिनय करते जा रहे थे। अनायास। उसके बाद तो उनके यहाँ आना-जाना बढ़ ही गया था।

नागालैण्ड के उस उपेक्षित से कसबे में शायद पीना और झगड़े करना मनोरंजन के दो लोकप्रिय साधन थे। मैं क्वाँरा था और मनोविज्ञान में प्रथम श्रेणी पाने के बावजूद वतन से बहुत दूर भटकता हुआ यहाँ पहुँच गया था। कालेज से निकलकर मैं एक अतृप्त आत्मा की तरह मँडराता रहता दुकान-दुकान, क्लब, सिनेमा हाल और खेल के मैदान। तोमर साहब प्रायः मुझे खाने के लिए बुलाते और मैं उनके घर उँगलियाँ चाट-चाटकर मध्यप्रदेशीय खाना खाता। बरगोहाँई को उनके घर में बना मांस बहुत पसंद था, जिसकी फरमाइश वे बीच-बीच में किया करते। उनके मध्यप्रदेशीय पापड़ों की तारीफ तो आला-अफसरों और मंत्रियों के कानों तक पहुँच चुकी थी।

सब कुछ स्वस्थ सामान्य चल रहा था। कालेज में सभी जगहों के लोग थे, असमी, हिन्दी-भाषी, बंगाली, दक्षिण भारतीय और आदिवासी लोग। छात्र बा-अदब थे और छात्राएँ शालीन। होली, क्रिसमस, बिहू और ईद पर जी भर के खुशियाँ मनाई जातीं। बड़ा खाना होता तो गोमांस और सुअर का गोश्त आमने-सामने रखा जाता। भगवान, अल्लाह, गॉड—सब लोग भाई-चारे के साथ रहते। टूटी-फूटी असमिया जिसे स्थानीय लोग 'नागामीज़' कहते सिक्के की तरह चलती और विचित्र स्वराधातों के साथ लोग हिन्दी बोलते। मैं धीरे-धीरे अपना गृह प्रदेश और क्वाँरेपन की ऊब भूलने की कोशिश कर रहा था। नागा दोस्तों के खाने और उनके सफेद, पीले, लाल पेय-पदार्थों के साथ मेरी गहरी छनने लगी थी।

और तभी वहशत भरा एक जलजला आया और ताश के पत्तों के

महल सा सब कुछ ढह गया। बात बहुत मामूली थी लेकिन बिगड़ी तो बिगड़ती ही गयी।

राजनीतिशास्त्र विभाग में एक स्मार्ट से मद्रासी प्रवक्ता थे जार्ज, जिन्हें एक साथ तीन कलम रखने का शौक था। काली रीफिल वाली बालपेन से वे हाजिरी लेते, हरी स्याही वाली चाइनीज़ पेन से व्यक्तिगत चिट्ठियाँ लिखते और नीली रोशनाई वाली पेन और कार्यों के लिए इस्तेमाल करते। मेरे दोस्त हरपाल सिंह तोमर की एक बड़ी प्यारी-आदत थी कि वे अपना पेन लेकर कालेज कभी नहीं आते थे। वे साग-भाजी, धोबी का हिसाब, छुट्टी के प्रार्थना-पत्र सहकर्मियों की कलमों से ही लिखते और काम पूरा हो जाने पर सहजभाव से उधार ली गयी कलमों को जेब में धर घर चले जाते थे। उनके व्यक्तित्व की तरह उनके लिखने का तरीका भी कुछ ज़ोरदार और जुझारू था, जिसके कारण हम कई सहकर्मियों की पेनों की निबें उनके हाथों शहीद हो चुकी थीं। लोग कहते हैं कि जार्ज ने अपने वरिष्ठ सहकर्मी की इच्छा का आदर करते हुए चौथी पेन भी रखना शुरू कर दिया था। उस दिन सालों बाद तोमर को अपनी साली की चिट्ठी मिली थी और उसी समय वे उसका उत्तर लिख डालना चाहते। साथ में बैठे बरगोहाँई से उन्होंने एक लिफाफा लिया और अपना दाहिना हाथ जार्ज की कोट की ओर बढ़ा दिया। दुर्भाग्यवश उनके हाथ चाइनीज पेन लग गयी और बेचारे जार्ज चौथी पेन निकालते इसके पहले ही तोमर पूरी ताकत के साथ कलम चलाने लगे। ठीक डेढ़ पंक्ति के बाद खुट्ट से कुछ हुआ और निब टूट गयी। निब का टूटना था कि तोमर की गर्दन एक तरफ मुड़ी और एक उँगली आकाश की तरफ उठने लगी। गुप्त भाषा में उनका मन्त्र चल ही रहा था कि जार्ज उन पर बरस पड़े।

"यक्सक्यूस मी मिस्टर तोमर, व्हाट इज़ दी मीनिंग ऑफ दिस बिहेवियर? (माफ कीजिए मिस्टर तोमर इसका मतलब क्या है?")

"अपनी निब का पैसा ले लीजिएगा इतने लाल-पीले क्यों हो रहे हैं?"

तोमर ने तमाचा-सा जड़ दिया ।

बरगोहाँई की मध्यस्थता के बावजूद तू-तू, मैं-मैं होने लगी और बात इतनी बढ़ी कि प्रिंसिपल को स्टाफ मीटिंग बुलानी पड़ी ।

इस झगड़े के बाद स्टाफ के लोग दो खेमों में बँट गये । जार्ज को उन लोगों का समर्थन मिला जो तोमर के तेज़ मिज़ाज से खार खाए हुए थे या जिनकी कलमों की निबें बार-बार टूटी थीं या जिनकी अठन्नियाँ, चवन्नियाँ सब्जी मंडी में ली गयी थीं और सधन्यवाद लौटायी नहीं गयी थीं। केवल मैं और बरगोहाँई मन मसोस कर दोस्ती का फर्ज़ निभाते रहे । मीटिंग में तय हुआ कि तोमर अपने अशोभनीय व्यवहार के लिए माफी माँगे और जार्ज धैर्य खो देने के लिए 'सॉरी' कहें । उसी दिन से कालेज की फिजा में भारीपन आने लगा और सहकर्मी एक-दूसरे के प्रति ज्यादा औपचारिक हो गये । तोमर का उँगली उठाना, कंधे उचकाना, गुप्त भाषा में मन्त्र पढ़ना और बढ़ गया । वे अब मन्त्र बुदबुदाते जाते और बीच-बीच में थूकते जाते । कालेज में सेमिनार होता तो जब उनके सहकर्मी कोई विद्वतापूर्ण बात कहते तो तोमर का मैनरिज़म शुरू हो जाता । उनकी चाल अब बिगड़ने लगी थी और कपड़े पहले से भी ज्यादा अस्त-व्यस्त रहने लगे थे । अब वे बात-बात पर सहकर्मियों से लड़ पड़ते और लड़कों को तनिक-सी भूल पर भी क्लास से बाहर कर देते ।

नवम्बर का जाड़ा शुरु ही हुआ था कि मेरे दोस्त ने एक और बवाल मोल ले लिया । उत्तर पूर्वांचल विदेशी-विताड़न समस्या की आग में जल रहा था । नागा, कछारी, करबी, मिज़ो, असमी, मणिपुरी, अरुणाचली, सब अपने मतभेद भूल कर एक झंडे के नीचे आ गए थे । यहाँ का बुद्धिजीवी वर्ग प्रेस जगत से मुखातिब हो रहा था । नागालैण्ड में जन्में और पूर्वांचल की संस्कृति में बड़े हुए पार्शियन डिपार्टमेंट के लेक्चरर रहमत उल्लाह साहब ने विदेशी नागरिकों की समस्या पर एक लेख लिखा था जो "डेली टेलीग्राफ ऑफ़ आसाम" में प्रकाशित हुआ था । उसके डेढ़ महीने पहले लिखा

गया तोमर का लेख उसी दिन वापस लौट आया, जिस दिन रहमत उल्लाह आर्टिकिल छपने की खुशी में सभी सहकर्मियों को चाय पिला रहे थे। लिफाफा देखते ही तोमर के चेहरे का रंग काग़ज की तरह सफेद हो गया, कंधे उचके, उँगली आसमान छूने दौड़ी और मुँह से एक असहाय 'हे प्रभू' निकल गया। उनकी इस प्यारी अदा पर जार्ज और रहमत दोनों मुसकरा पड़े।

"व्हाटिज़ दी मीनिंग आऽऽफ दिस्स बिहैवियर ?" अचानक तोमर ने अपना मजबूत मुक्का मेज पर मारा और वाइस प्रिंसिपल सेमा के हाथ की चाय मेज पर उछल पड़ी।

"यह मत समझो रहमत कि आसाम के एक फिसड्डी पेपर में एक राटेन आर्टिकल छपवा कर बहुत बड़े इंटलेक्चुअल बन गये तुम। कलकत्ता, दिल्ली और बम्बई के पेपर में छपाओ तो जानें।"

"भाई जान, क्या यही कम फख्र की बात है कि अपनी कलम से, अपने पेपर पर लिखकर अपने लिफाफे में कोई आर्टिकिल छपने भेज देता हूँ ?" रहमत ने तड़प कर जबाब दिया और दोनों जूझने लगे।

"बड़े आए हैं प्रोफेसर बनने ? तरकारी खरीदने जायेंगे तो रेजगारी दोस्तों से लेंगे, कुएँ से पानी निकालना होगा तो रस्सी पड़ोसियों के घर से आयेगी। मिज़ाज है नादिरशाह का और दिल है बनिये-बक्काल का !" रहमत उन पर पिल पड़े थे।

इस पर जब तोमर के मुँह से छँटी हुई हिन्दी गालियाँ निकलीं तो स्टाफ के सभी सदस्य उन्हें अकेला छोड़ प्रिंसिपिल के पास शिकायत करने चल पड़े और दूसरे दिन रावत सस्पेंड कर दिये गये।

यदि मनोविज्ञान के एक्सटर्नल इक्ज़ामिनर डॉ० धवन सर हमारे कालेज न आये होते तो मेरे दोस्त का चरित्र मेरे लिए जिज्ञासा और कुतूहल की वस्तु बन कर रह गया होता। इत्तिफाक से धवन सर सागर के ही थे और तोमर परिवार से उनकी जान पहचान थी। वे दिल्ली विश्वविद्यालय में मेरे टीचर थे और असामान्य मनोविज्ञान पर उन्होंने कई किताबें लिखी

थीं। गेस्ट हाउस से निकल कर वे सीधे तोमर के घर पहुँचे थे और उनकी अनुभवी आँखों ने यह सब कुछ देख लिया था जो तोमर के व्यक्तित्व की धज्जियाँ उड़ा रहा था। 'प्रैक्टिकल' और 'वाइवा' के बाद मेरे आग्रह पर वे पूरे तीन दिन रुके थे और ज्योतिष तथा रेखाशास्त्र के ज्ञान से वे तोमर को ब्रेनवाश करते रहे थे। किसी तरह तोमर को सम्मोहित कर वे उनकी केस हिस्ट्री लेने में सफल हो गये थे।

डिब्रूगढ़ विश्वविद्यालय की अतिथिशाला में बैठा मैं उस रिपोर्ट को पढ़ रहा था, जिसके शीर्ष पर लाल स्याही से 'स्ट्रिक्टली कानफीडेंशल' लिखा हुआ था।

"श्री हरपाल सिंह तोमर, आयु 43 वर्ष, शिक्षा एम० ए० राजनीतिशास्त्र (प्रथम श्रेणी) का बचपन एक सम्पन्न किन्तु बहुत लालची और कृपण परिवार में बीता। पिता उन्हें अच्छे कपड़े, नौकर और गाड़ी की सुविधा देते, लेकिन अपने स्नेह और जेब-खर्च से वंचित रखते। पिता राजनीति में आकंठ डूबे हुए थे और माँ को क्लब का शौक था। एकाकीपन से घिरे तोमर असहाय और असुरक्षित महसूस करने लगे। घरेलू नौकरों ने इनकी इस कमज़ोरी का शोषण किया और स्कूल के दुष्ट साथियों ने चाट और मिठाई खिला-खिला कर उनका मन जीता। वे बेहद खूबसूरत थे—स्त्रैण होने की सीमा तक। धीरे-धीरे बदमाश दोस्तों ने उनका भरपूर शोषण शुरू कर दिया। एक दिन उनके पिता ने उन्हें रंगे हाथों पकड़ लिया और बेंत से बुरी तरह पीटा। पहले उनके पिता उन्हें मिनिस्टर बनाने का सपना देख रहे थे, लेकिन उसी दिन उन्होंने प्रण कर लिया "इस कुल-बोरने को मास्टर बना कर छोड़ेंगे।" परिवार और समाज के साथ समुचित अनुकूलन न होने के कारण वे घर से अलग-थलग रहने लगे। पूजा पाठ, जादू-टोना, निगूढ़ तत्व (आकल्ट) में उनकी रुचि पागलपन की सीमा तक हो गयी। मेधावी होने के बावजूद अपराध-बोध से वे इस तरह ग्रस्त हो गये थे कि एम० ए० के बाद कुछ भी नहीं कर सके।

"मुँह से थूकते रहना उनके अपराध बोध को अभिव्यक्त करता है, उँगली काटते रहने का स्वभाव आत्म-पीड़न (मैज़ोकिज्म) एवं प्रायश्चित्त का प्रतीक है और तर्जनी से आकाश छूने का प्रयास उनके अकाल महत्वाकांक्षी मन का द्योतक है। उनका अचेतन मन सुन्दर दिखने की इच्छा से विद्रोह करता है, क्योंकि सुन्दरता ही उनके 'विनाश' का कारण बनी। अपने से जूनियर को 'डामिनेट' करने और अपमानित करने में उन्हें एक विकृत आनन्द मिलता है, जिसे 'सैडिज्म' कह सकते हैं। दूसरों की पेनें तोड़-तोड़ कर वे बचपन का प्रतिशोध ले रहे हैं। यही कारण है कि वे दोस्तों से रेजगारी लेकर हजम कर जाते हैं। माँ-बाप के स्नेह से वंचित होने के कारण उनका पूरा व्यक्तित्व, उतावलेपन, क्रोध, चिड़चिड़ेपन, प्रतिशोध की भावना, भय, असुरक्षा-बोध और हताशा से ओतप्रोत हो गया है। असुरक्षित महसूस करने के कारण वे लोगों को खिलाते-पिलाते हैं, किन्तु यह सोच कर बौखला उठते हैं कि उनका शोषण किया जा रहा है और इसका बदला वे उन लोगों से रुपया उधार ले कर लेते हैं। ईर्ष्या—एक दुर्दयनीय राक्षसी ईर्ष्या—उनके व्यक्तित्व की सबसे भयंकर दुर्बलता है।

"वे जोरु के गुलाम हैं लेकिन उनके इस दब्बूपन से उनकी पत्नी को नफरत है। हालाँकि वे रोज अपनी माँ के पाँव छूते हैं, लेकिन उन्हें माँ से भी सच्ची श्रद्धा नहीं है। वे एक हीन भावना से ग्रस्त, हारे हुए असहाय इंसान हैं जो झूठे अंहकार में अकड़े रहते हैं।

"उन्हें फौरन से पेशतर मनोचिकित्सा करवानी चाहिए और जल्दी ही बाल-बच्चेदार होने की कोशिश करनी चाहिए। मुझे पूरा विश्वास तो नहीं, लेकिन ऐसी आशंका है कि अपनी पत्नी के साथ भी उनके सम्बन्ध स्वस्थ एवं प्राकृतिक नहीं हैं।'

धवन सर ने मुझे यह रिपोर्ट उपहार में दी थी, ताकि मैं नाम और स्थान बदल कर उस पर एक पेपर लिख सकूँ। लेकिन उन्हें 'सी आफ़' करने के बाद ही मैंने उस रिपोर्ट को तीली दिखा दी।

शाम को मैं एक बार मैं बैठकर जब 'ऐरिस्टोक्रैट' से अपना गला तर कर रहा था यह बात बार-बार मेरे दिल में आई कि प्रोफेसर हरपाल सिंह तोमर' हेड, डिपार्टमेंट ऑफ पोलिटिकल सायंस, बहुत सारी कमियों के बावजूद एक अच्छे इंसान हैं। कभी न कभी उनका देवत्व अवश्य जागेगा। और 633 रुपये एक-मुश्त और 51 रु० 35 पैसे रेजगारी के रूप में कई किश्तों में उधार लिया गया धन वे मुझे जरूर वापस करेंगे। बस, मैं भगवान से बार-बार यही प्रार्थना करने लगा कि इस बीच हमारे कालेज के किसी भी सदस्य की कोई रचना कहीं न छपे, अन्यथा मेरा प्रिय मित्र अपना रहा-सहा मानसिक सन्तुलन भी खो बैठेगा। बार में चहल-पहल बढ़ रही थी। एक चंपई गोरे रंग की लड़की अपने से कम उमर के एक लड़के से फुस-फुसा कर कोई रोमैंटिक गुफ्तगू कर रही थी और नफीस मेखले में सजी-धजी एक आधुनिका फिल्टर्ड विल्स की जोर से कश खींच रही थी। मेरा 'ऐरिस्टोक्रैट' रँग जमाने लगा था। अचानक मैं अपनी ही आवाज से चौंक पड़ा—

"चलती को गाड़ी कहैं, बने दूध से खोया
रंगी को नारंगी कहै, देख कबीरा रोया।"

उत्तर राग की मृत्यु

कभी-कभी ऐसा भी होता है कि जिसे हम मृत समझ बैठते हैं वह हमारे मन के किसी कोने में प्रसुप्त रहता है और अवसर पाकर जी-जाग उठता है। बारह साल के बाद भी वह सब जीवित था यह मैंने तब पूरी शिद्दत के साथ महसूसा जब सियालदह का बड़ा रेलवे प्लेटफार्म दिखने लगा। मेरे अन्दर वह सब कुछ जाग उठा था, जिसे मैं अब तक समाप्त और विस्मृत समझ बैठा था—नवम्बर की वह लखनवी शाम, शहीद पार्क का नीम अँधेरा, मीर तक़ी मीर की गज़ल—सब कुछ।

लेकिन कलकत्ते की सड़ी गर्मी ने मेरी चेतना को झकझोर

दिया था। महानगर मुझे उस कुत्ते की तरह दिख रहा था जो सूखी हड्डी के पीछे बेतहाशा दौड़ रहा हो, पसीने और बू से लथपथ। ट्रेन से उतरते ही मैं एकाकी महसूस करने लगा। जब भी मैं थकान से पस्त होकर किसी बड़े शहर पहुँचता हूँ मेरे साथ ऐसा ही होता है। एकाकीपन गहराने लगता है। पर इस बार कुछ ज्यादा क्यों ? हो सकता है यह सब नंदिता के कारण हो रहा हो।

मैं पसीने से तर था और दो दिन के उबाऊ सफर के बाद पानी में पैठ जाना चाहता था जैसे हल में जुते भैंसे फुर्सत पाते ही नदी-तालाब में मड़िया मारने लगते हैं। लेकिन कुली बोलता ही जा रहा था। डाक्टर जगन्नाथ मिश्र, संत भिंडरावाले, इंदिरा गांधी, बंगाल में साम्यवादी प्रशासन। मैं उसकी बकवास से तंग आ गया था। लंबे-तड़ंगे पंजाबी ड्राइवर से मैंने "डलहौजी स्क्वेयर" कहा और टैक्सी में पसरकर राहत महसूस करने लगा।

डलहौजी स्क्वेयर के चारमंजिले होटल का 22 नम्बर का कमरा काफी साफ-सुथरा और आरामदेह था। नहाने के बाद पलकें भारी होने लगीं और मैं सो गया। नींद टूटी तो धूप की किरणों से छिदी शाम एक पिटी हुयी झगड़ालू औरत की तरह लग रही थी। औंधे-मुँह पड़ी हुई सड़कें थकी-थकी और आहत-सी दिख रही थीं। हवा का पैनापन कुछ कम होने लगा था, लेकिन एक भयंकर उमस उमड़-घुमड़ रही थी, हठीली और अपराजेय।

सहसा मेरे हाथ फोन तक पहुँचे और मैं नंदिता से मुखातिब हो गया।

"हलो !" वही हरसिंगार बरसने जैसी आवाज़। मेरी रागात्मकता पर्त-दर-पर्त उघड़ती गयी।

"ओ तुमी !!" एक चिरपरिच्चित आत्मीयता उसकी आवाज़ में उभर आयी, लेकिन मैं चौंक-सा गया। मैंने "तुमी" की जगह "तुम" कहे जाने की आशा की थी।

"कलकत्ते आए मुझे अभी चार घंटे भी नहीं हुए हैं और आप मुझसे बंगला बोल रही हैं ! कैसी हैं आप ?" मैंने उलहना दिया।

"यहीं आकर पूछो न बाबा ? चार घंटे से तुम हमारे शहर में हो और हमें अब पता चला ! वाह किबला वाह !!"

मैंने एक नाटकीय मिलन की कल्पना की थी लेकिन नंदिता की बातचीत में जो तटस्थता थी उससे मैं तिलमिला उठा।

"मेरे यहाँ कब आ रहे हो ?" उसका स्वर शान्त और औपचारिक था। एक और तमाचा पड़ चुका था।

"उफ, बड़ी सड़ी गर्मी है आपके कलकत्ते में, मैं बुदबुदाया। वह चौकन्नी हो गयी थी। उसकी आकर्षक हँसी फोन पर खनकी, सायास और औपचारिकतापूर्ण।

"आज आओ न ! क्या तकल्लुफ है ?"

"अच्छा कल शाम आ रहा हूँ, छह बजे के बाद," मैंने यंत्रवत् कहा और फोन रख दिया।

बाहर महानगर चीख-चिघाड़ रहा था—नियोन लाइट में जगमगाता हुआ। लेकिन मेरे यहाँ एक अँधेरा था—एक अपरिभाषित अँधेरा।

वह एक ढीला-ढाला गंजा और बीमार-बीमार-सा आदमी था जिसने मुझसे हाथ मिलाया। उसका गहरा-गोरा रंग उसके गंजेपन और व्यक्तित्व की गद्यात्मकता को और अधिक उभार देता था। कुल मिलाकर वह एक ऐसा काम-चलाऊ इंसान लगता था, जिससे प्रेम या घृणा कर पाना कठिन होता है। मुझे आश्चर्य हुआ कि इस शख्सियत को कौन बर्दाश्त करता है। बड़े सलीके से सजाये गये ड्राइंग रूम में घुसते ही मैंने विश्वंभरनाथ विश्वास से आँखें मिलायीं और सहम गया। ये साँप की सी डल आँखें थीं—निर्वेग और भावहीन। मैं तिलमिला उठा। मैंने अवनीन्द्रनाथ ठाकुर की पेंटिंग्स पर अपनी आँखें गड़ा दीं और नंदिता का इंतजार करने लगा।

वह आई। साँवले गुलाब की पंखुड़ियों से बना चेहरा कुछ-कुछ गंदुमी

दिख रहा था, गाल पर मक्खन, चीनी और हिल्सा मछली की परतें जमा हो गयी थीं। उसकी बंगाली आँखें पहले से भी ज्यादा सुन्दर लग रही थीं, लेकिन उनमें मैं कतई, कहीं नहीं था।

"मीट माय हबी बी० एन० विस्सास, माय क्लासमेट सौरभ सक्सेना।"

दुबारा हाथ मिलाते समय मैंने बी० एन० विश्वास की उँगलियों को ध्यान से देखा—छोटी, मोटी और वर्गाकार। अँगूठा और नाखून बेहद भोंड़े—ऐसे हाथ कारखाने बनाते हैं या कत्ल करते हैं—मैंने अपने आपसे कहा और फिर हम बतियाने लगे।

बीयर ग्लासों में ढाल दी गयी और चिकेन दो प्याज़ा तथा बैंगन की पकौड़ियों की खुशबू गमकने लगी थी। उस गंजे आदमी की तरफ देखने से ठंडी बीयर पीना ज्यादा अच्छा है, मैंने सोचा और बीयर गटकने लगा लेकिन दो घूंट अन्दर जाते ही अतीत फन उठाकर फुफकारने लगा।

हम जवाहर फुहार के पास बैठे थे—एक-दूसरे पर समर्पित से आत्म-तुष्टि से भरपूर। अंगूर टूँगते-टूँग़ते मैं उसकी गोद में खिसक आया था। वह नवम्बर के गुलाबी जाड़े में धुली एक लखनवी शाम की शरीफ सलीकेदार, नाजुक नफीस और भविष्यहीन। मैंने चुपचाप उसके उष्ण वक्षों को महसूसा था और एक रहस्यमयी अनुभूति से भीतर तक भींग गया था। उन दिनों प्रेम रवीन्द्रनाथी हुआ करता था, विशुद्ध प्लैटॉनिक। आदर्शवाद का नशा उतरा नहीं था। नंदिता ने मीर तकी मीर की कोई गज़ल गायी थी। फिर मैं जार-बेजार रो पड़ा था। गोमती में चलनेवाली नावों के चप्पू की आवाज़ साफ सुनायी पड़ती थी।

मिसेज विश्वास के भव्य ड्राइंग रूम में बैठा मैं अपने बचपने पर सिर धुन रहा था। मुझे बार-बार बलरामपुरी कवि की कविता याद आने लगी :

आलीशान महल के अन्दर आलीशान मिलन का कमरा,

जिसमें कहने वाला गूँगा, जिसमें सुनने वाला बहरा।

"वन शुड नाट लिव इन द पास्ट" जब वह बोली मेरी तंद्रा टूट चुकी थी। मैंने अपने अतीत को झाड़ने की कोशिश की, जैसे कुत्ते बदन में लगी धूल झाड़ते हैं। गंजा जा चुका था। किसी मिनिस्टर के घर दावत थी।

"तुम्हारे हस्बंड के नाम में अनुप्रास अलंकार है।" मैंने अकारण कहा और हँसने लगा—बेवकूफ की तरह।

"फिर वही शरारत?" वह हँस रही थी "क्या ड्रीम कर रहे थे?" उसका स्वर नारी-सुलभ जिज्ञासा से भरा था। उसमें कहीं भी करुणा नहीं थी। मैं प्रेम की बात नहीं करता। वह तो कब का मर चुका था। मेरे चेहरे पर उगे हुए चोट के निशान उसकी गिरफ्त में आ चुके थे।

"भाभाजी कैसी हैं?" उसका स्वर सहज था।

"कौन भाभी जी?"

"आई मीन···सौरभ, क्या तुमने शादी नहीं की अब तक?" उसकी आवाज़ में आश्चर्य-मिश्रित सहानुभूति थी।

मैं चौकन्ना हो गया। मांस की पतली हड्डी को मैंने दाँत से जोर से दबाया। वह कुछ कहती इससे पहले ही मैंने ह्विस्की माँगी। अब वह सच-मुच कुछ सेंटीमेंटल दिख रही थी। वह उठी और काले लेवल वाली जानी वाकर की एक बोतल ले आयी। पेग बनाते-बनाते वह मेरे ऊपर झुक आयी कुछ पुराने अंदाज में, मातृत्व से परिपूर्ण।

"तुम बंगाली लड़कियाँ बड़ी स्नेहवत्सला होती हो, वेरी मदरली।" कभी मैंने उससे कहा था और वह हँस पड़ी थी। "मदर फिक्सेशन के शिकार हो तुम! वाट अ ग्रोनप बेबी।"

"बहुत बढ़िया है। इंपोर्टेड लगती है," मैंने कहा।

"क्या तुम्हें मेरी कम्पनी नहीं चाहिए?" वह बोली। एक छोटा पेग मैंने उसके लिए भी बना दिया। मेरी नंदिता का यह एक नया रूप था, लेकिन उसके चेहरे पर कोई संकोच न था। वह धीरे-धीरे शराब गटकने लगी।

"अकेले इत्ती बड़ी जिंदगी कैसे कटेगी।" उसने मुझे फिर गुदगुदाया।

"अच्छी तो कट रही है, इत्ती शानदार हवेली में रहती हो। मंत्रियों के साथ दावत खाने वाले फरमाबरदार पति हैं, खाने को हिल्सा मछली और पीने के लिए इंपोर्टेड ह्विस्की। प्लेब्वॉय लोग भी होंगे ही। फिर भी शिकायत कर रही हो कि कैसे कटेगी?" यह एक आहत प्रेमिक का स्वर था, जो शराब के झोंके में काफी तेज़-तर्रार हो गया था।

वह हँस पड़ी। मेरी बेवकूफी को हँसकर टाल देना उसकी पुरानी आदत है। मेरे प्रणय-निवेदन पर भी वह "धत्" कहकर इसी तरह हँसी थी, डाँटने पर भी हँसती थी। जब शादी के प्रस्ताव पर अन्तिम "न" कहा था तब भी हँसी थी, आज भी हँस रही है। एक मैं हूँ जो मर-खप रहा हूँ। एक सही औरत की तलाश में कदम-कदम पर टूटता-बिखरता रहा हूँ। मुझे अपने आप पर गुस्सा आने लगा।

"देखो सौरभ, डोंट बी हीरोइक, लेट मैरिज अच्छी नहीं। मैं सिलेक्ट कर सकती हूँ। कई अच्छी हिन्दुस्तानी लड़कियाँ भी मेरे सम्पर्क में हैं और काफी कलर की खूबसूरत बंगालिनें भी जो तुम्हारी पुरानी दुर्बलता है," वह मुझे दुलार-सी रही थी लेकिन मैंने अपना कवच ढीला नहीं किया था।

"अच्छा! तो मिसेज विश्वास मुझ अभागे का घर बसाना चाहती है।" मेरी आवाज़ का व्यंग्य धारदार चाकू की तरह काट रहा था।

मुझे बारह साल पहले वाली वह रात याद आने लगी जब उसकी अस्वीकृति के बाद मैं पहली बार पीने बैठा था, तीन रतजगों के बाद। माँ ने सान्त्वना दी थी, "औरत को इतना महत्त्व नहीं देना चाहिए। वह तो एक बनिए की तरह अपने जीवन में आने वाले पुरुष को नापती-जोखती है और माल बिकाऊ न हुआ तो उसे झटककर आगे बढ़ जाती है। भूल जाओ कम-बख्त बंगालिन को।"

माँ ने ठीक ही कहा था। एक बेकार नवयुवक बिकाऊ माल कैसे हो सकता था। लेकिन मैं नंदिता को कहाँ भूल पाया था। एक अतृप्त आत्मा

की तरह इधर-उधर भटकता रहा था। पहले नेपाल भागा था और हिल डायरिया का शिकार हुआ था। फिर राजस्थान की कड़ी धूप में झुलसता रहा था। फिर एकदम पूरब आ गया था असम में और मलेरिया ने मेरे स्वास्थ्य को झकझोर कर रख दिया था। एक अजीब पागलपन सवार था मुझ पर, उन दिनों अपने को दुःख देने में मैं एक विकृत आनन्द पाने लगा था। एक दिन मेडिकल कालेज में मिश्रा सर मिल गये थे। आदिवासियों पर कोई रिसर्च करना था उन्हें। वे मुझे अपने साथ ले आये थे और महीनों नर्स करते रहे थे। ब्रह्मपुत्र के तट पर घूमते हुए मिश्रा सर उपनिषद्, पुराण और वेदों की पुराकथाओं के आधार पर प्रेम की व्याख्या करते रहे थे और इस निष्कर्ष पर पहुँचे थे कि सब माया है। फिर उन्होंने ही दिल्ली के एक दैनिक में नौकरी दिला दी थी। पत्थर काटकर दूध की नहर निकालने के लिए प्रयत्नशील मरता, फरहाद फिर जीवित हो उठा था। लेकिन संघर्ष की प्रखरता कम नहीं हुयी थी। रिपोर्टिंग, बड़े आदमियों की मिजाजपुरसी और अपनी दिल-जमई में पता ही नहीं चला इत्ते साल कैसे बीत गये। निराश प्रेमिक अब आदर्शवादी पत्रकार बन चुका था और अपनी लेखनी से यमुना नदी के पानी में आग लगा देने का सपना देखने लगा था। छरहरे, लंबे, गोरे अफसरों के साथ काली, मोटी, नाटी बीवियों को उसने देखा था, दिन-रात अपने पतियों को नोचती हुई कर्कशा स्त्रियों को देखा था, चाँदनी चौक में सातफुटे पंजाबी को उसकी निहायत साधारण स्त्री 'सुअर दा पुत्तर' कह रही थी एक बार उसने देखा था और वितृष्णा से थूक दिया था इस मूर्खतापूर्ण त्रासदी पर। अगर यही औरत है और शादी करने का मतलब यही सब कुछ है तो लानत है इस अनावश्यक और मूर्खतापूर्ण त्रासदी पर। लोग-बाग कहने लगे कि सौरभ सिनिक हा गया है।

और मुझे बहुत आश्चर्य हुआ जब मुझे अपनी आवाज़ उस आलीशान ड्राइंग रूम में सुनायी पड़ने लगी।

"कभी इस मका से गुजर गया कभी उस मका से गुजर गया!
तेरे आस्ताँ की तलाश में मैं हर आस्ताँ से गुजर गया।"

बोट क्लब की रैली में मैं अचानक तिवारी से टकरा गया था। तिवारी अब बावन भिखारी से बावन भगवान बन चुका था। आत्मविश्वास से उसकी आँखें चमकने लगी थीं। लेकिन अंगरक्षकों और चमचों की भीड़ से घिरा यह राजनीतिज्ञ पुरानी दोस्ती नहीं भूल पाया था। धीरे-धीरे मैं उसके और नजदीक आने लगा था। आला अफसरों और नेताओं के बीच तिवारी मुझे एक 'इंटलेक्चुअल दोस्त' कहकर पेश करने लगा था।

मैं गाये जा रहा था।

"गमे आशिकी तेरा शुक्रिया मैं कहाँ-कहाँ से गुजर गया।
कभी सोचा तूने तो होगा क्या जो मैं इस जहाँ से गुजर गया।"

"बड़े भाई, आप कलकत्ते जाइए" तिवारी कह रहा था" "और एक बढ़िया रिपोर्ट पका लाइए, ताकि जनता जाने-समझे कि वामपंथी शक्तियों से प्रजातन्त्र को कितना खतरा है। मैं आपके चीफ़ एडीटर से बात किए लेता हूँ। और हाँ उस बंगाली छोकरी का क्या हुआ ? अरे वही तुम्हारी चहेती जो बेगम अख्तर की स्टाइल में गज़ल गाती थी ?"

"अब वह रवीन्द्र संगीत गाती होगी," मैंने कहा और सफर की तैयारी करने लगा था।

नंदिता मेरी गज़ल टेप कर रही थी। मुझे गुस्सा आना चाहिए था लेकिन अच्छा लगा। वह मेरी आवाज़ को सहेजेगी भी और जब गंजा आदमी बाहर चला जायेगा, इसे सुनेगी। एक खुशबू की तरह मेरी आवाज उसे हाँट करेगी और वह उस अतीत को कुछ क्षणों के लिए ही सही, जियेगी जिसका मैं एक अविभाज्य अंग हूँ।

"ये मेरा कमाल-ए-गुनाह सही मगर इतना देख मेरा खुदा !
कि है रोका तूने मुझे जहाँ मैं वहाँ-वहाँ से गुजर गया।

"एक्सक्यूज अस" गंजा लौट आया था। नंदिता उठ पड़ी। थोड़ी देर खुसुर-

पुसुर होने के आद दोनों की आवाजें शान्त हो गयीं। मैं खुद पेग बनाकर पीने लगा। मेरे अतीत और वर्तमान में देवासुर-संग्राम चल रहा था। थोड़ी देर में वह लौट आयी, चेहरा धुआँ-धुआँ था।

"क्या हुआ मीता ?"

"प्लीज़, सौरभ! मुझे पुराने नाम से मत पुकारो। द पास्ट इज़ डेड।" उसकी आवाज में एक उदास सांध्य-गीत-की लय थी।

"क्या तुम खुश नहीं हो नंदिता ?" मेरा लहजा सपाट था।

"खुश रहना क्या होता है ?" धनी और समझदार पति मिले, सामाजिक, आर्थिक सुरक्षा मिली, इत्ता अच्छा घर मिला। अब और क्या चाहिए ? मेरे बाबाजी ईस्ट पाकिस्तान में मार डाले गए थे, बुआ को नर-पिशाचों ने जबर्दस्ती छीन कर हरम में डाल लिया था। पिता लखनऊ आकर गल्ला माल की दुकान करने लगे। अब जाकर कहीं पाँव जमे हैं। अजय और सुप्रियो को इनकी फैक्ट्री में ही मोटी तनखाह लगवा दिया हैं। अब और क्या चाहिए ?

"तुम्हारा चेहरा पहले की ही तरह हँसता-मुस्कराता रहना चाहिए। अब तो तुम्हारी हँसी खोखली लगती है।"

"क्या फर्क पड़ता है," नंदिता के स्वर में एक खीझ थी।

"अजय, सुप्रियो के लिए मेरे हस्बैंड एक मिनी इंडस्ट्री बिठाना चाह रहे हैं। ज्यादा काम निपट गया है। कई महीनों से लोन के लिए भाग-दौड़ जारी है। अभी मुझसे बाहर चलने के लिए कह रहे हैं। लोन सैंक्शन करने वाला एक खुर्राट आई० ए० एस० है। बंगालियों से खाली हिन्दी में बात करता है और मेरे साहब की हिन्दी तो माशा अल्ला, इसलिए...।" उसका स्वर बुझा-बुझा सा था।

"रात के बारह बजे आप हिन्दी बोलने जा रही हैं, उस दयालु अफसर के पास। ठीक है भाई, छोटे भाइयों का उपकार करो। चलता हूँ अब; अपने साहब से कहना।"

मैं महसूस कर रहा था कि मेरे अन्दर कुछ टूटा है, जिसकी आवाज मैंने साफ सुनी। शायद नंदिता कल फिर आने के लिए कह रही थी, लेकिन मैं अचानक उठ खड़ा हुआ और हड़प-सड़प बाहर निकल आया।

मैंने एक नाटकीय मिलन की कल्पना की थी लेकिन नंदिता ने न ही "शेषेर कविता" की कोई पंक्ति पढ़ी और न ही कोई दया-माया दिखायी। उसने केवल पुरानी यादों को कुरेद कर जगा भर दिया। अब मैं सोचने लगा कि यादें भी मरती हैं और अगर वे अपने आप न मरें तो उन्हें मार देना चाहिए। न सुन्दर यादें मरती हैं और न तुर्श-तीखी यादें, लेकिन बदसूरत यादें जल्दी ही मर जाती हैं। कलकत्ते से मैं एक बदसूरत याद लेकर लौटूंगा और वह मर जायेगी। कल से मेरा पत्रकार सक्रिय हो जायेगा और मेरे प्रेमिक को एक कोने में बिठा देगा।

अब मैं खुली सड़क से गुजर रहा था। महानगर एक दैत्याकार अजगर की तरह फैला हुआ था। एक इंपाला कार पास आकर रुकी। एक काला कलूटा खूसट आदमी किसी षोडशी को पिछली सीट पर दबोच रहा था। लेकिन लड़की की आँखों में समर्पण और स्वीकृति के भाव थे। मैं सर झुकाये आगे बढ़ गया। पता नहीं क्यों मुझे नंदिता और विश्वास की जोड़ी याद हो आई और मैं चिल्ला पड़ा, "शाबास! अजय और सुप्रियो को फैक्ट्री दिलवा कर ही छोड़ा न?"

हवा पस्त और बेजान पड़ी थी। मैंने रूमाल निकाला और पसीना पोछना शुरू किया। मुझे लगा कि मेरे पसीने में काली लेबल वाली जानी-वाकर ह्विस्की रस-बस गयी है।

बाहर कलकत्ता जगमगा रहा था।

सतवंती

नयी चप्पल सतवंती के पाँव काटने लगी थी। वह तेज-तेज चलती, लजा कर धरम देव को देखती और बोल उठती, "परैं मखबी, ई चप्पलवा तौ अंगुरियइ काटि डारिस।" और खिलाखिला कर हँस पड़ती। धरमदेव का खुरदुरा शातिर चेहरा इस खिलखिलाहट पर थोड़ी देर के लिए खिल जाता, फिर वह जोर-जोर से चारमीनार के कश लेने लगता। जब कभी उसका हाथ सतवंती की कमर के गिर्द जाता तो वह धीरे से हाथ झटक कर कहती, "चलौ हटौ, कोई देखि लेई।" तब धरमदेव उसे छेड़ने लगता, "थकि गइल हमार चिरई ?" और वह कहती, "बक्क !"

बलरामपुर नजदीक आ रहा था। राप्ती पुल के पास ऊँची सड़क के उस पार एक शैतान लड़का किसी धोबी के गधे पर सवार हो गोंडवी अवधी लहजे में गा रहा था :

मोटी-मोटी रोटिया तू पोयव बरेठिन
भोरवा चलैक परी घाट···

सतवन्ती गाना सुन कर तुनक उठी, "ई दिहाती गाना हमका तनिकौ अच्छा नाहीं लागत है।"

"जल्दी चलती चलौ, अभी सलीमा का टिकट मिल जायेगा। अब तौ गाँव का नरक अउर देहाती गाना छूटिए जायेगा।" धरमदेव बोला और सिगरेट का टोंटा नीचे फेंक कर जूते से कुचलने लगा।

वे दोनों सड़क छोड़कर अधबने कच्चे रास्ते से शहर की तरफ बढ़े थे। कौवापुर, तुलसीपुर, देवीपाटन से ले कर बेलहा तक बस और भाड़े की टैक्सी मिल सकती थी, लेकिन लबे-सड़क आने में बड़ा जोखिम था। अब तो हर आदमी घाघ हो गया है। पता नहीं गाँव-जवार के किसी परिचित आदमी की निगाह उन दोनों पर पड़ जाये और सारा गुड़-गोबर हो जाय। सो, वे दोनों पतली पगडंडियों, चकरोडों के सहारे अरहर और गेहूँ के खेत रौंदते-चीरते आगे बढ़ रहे थे। सतवंती लोगों को देखती तो लम्बा घूँघट काढ़ लेती, परिचित बुजुर्ग लोग मिलते तो धरमदेव हाथ जोड़ कर, "मालिक, पाँय लागी" बोलता और दोनों आगे थोड़ा बढ़ कर खिलखिला कर हँस पड़ते। धरमदेव के मुँह से अचानक निकलता, "तोहरे मालिकवा कै ऐसी-तैसी" और सतवंती कहती, "तू बड़े मुरहा हौ।"

राप्ती नदी का पुल पार कर वे दोनों अब बिजुलीपुर पहुँच चुके थे। देवी मन्दिर के शिखर को देख कर धरमदेव के मुँह से यन्त्रवत् निकल पड़ा, "बिजलेसरी माई की जय ! सतवंती, दरसन कर लिया जाये क्या ?"

"अरे छोड़ौ आज नहैबो नाहीं किहन दरसन कैसे कीन जाई, "सतवंती टाल गयी।

"अरहर कै खेत माँ सीत (ओस) से नहायी नहीं का ?" धरमदेव ने

उसे फिर छेड़ा तो वह बन कर बिगड़ने लगी, "कहिन कि नकटाक नाक कटै, अढ़ाई बित्ता रोज बाढ़ै।"

सहसा उन दोनो को इक्के की फिक्र हो आयी। बस पकड़ना ठीक नहीं था। आजकल पुलिसिए साइकिल से न चल कर बस से चलते हैं, भेख बदल कर। पता नहीं कब कोई जमदूत चेंचा पकड़ले। धरमदेव सोचने लगा। उन दोनों को अब अपनी नाक की भी फिक्र नहीं थी, उन्हे बालकनी के दो टिकट चाहिए थे। अमिताभ बच्चन ने इस कदर ढिसुँग-ढिसुँग किया है कि देखते ही बनता है। उसने सतवंती को चारा दिया, "अर बंबे चलौ, तब देखना नकसा। एक बार तौ अमिताभ ने हमका चाय भी पिलायी थी। बोला कि तूँ गौंडा जिले कै भैया अउ हम ठहरे इलाहाबादी। हमरे साथे कुछ दिन रहि जाव तौ तुहैं हीरौ बनाइ दैबें।"

सतवंती धरमदेव के साथ एक खाली इक्के पर बैठ कर पुरानी बातें सोचने लगी। कोचवान ने घोड़े को पुचकारा, "चलौ हमार दुलरुवा, बढ़ि चलौ बेदुला बस दुलहा-दुलहिन कै सलीमा छूटे न पावे।" सतवंती ने अपने दूल्हे (?) को कनखियों से देखा और मुस्कराने लगी। उसे आश्चर्य हुआ। पिछले पाँच सालों में वह पंडित रामशंकर को देखकर क्यों नहीं मुस्कुरा सकी थी।

बलरामपुर के साधारण सिनेमा हॉल की बालकनी में घुसते समय सतवंती को तीन बार ठोकरें लगीं और वह गिरते-गिरते बची। फिल्म शुरु हो गयी थी और अमिताभ बच्चन खाना बनाते हुए गा रहे थे—

जाओ लाओ पिया, नदिया से सोन मछरी···

"हाय रै दैया !" सतवंती कुछ ऊँची आवाज में चहकी, "इन्हें देखौ, ससुर सलीमा माँ दिहाती गाना कैसे गावत हैं ?" शहरी छोकरों के एक ठहाके में धरम देव का उत्तर डूब गया।

सतवंती पाँच सालों की यादों में खो गयी थी। नेपाल की सीमा से जुड़े गाँव से विदा होकर जब वह ससुराल आयी, रामशंकर मुश्किल से ग्यारह-

बारह साल का था। उधर सतवंती उन्नीसवाँ पार कर रही थी। ढिबरी की मद्धिम रोशनी में उसने देखा, एक दुबला-पतला मरियल सा किशोर बलि के बकरे की तरह उस सीलन भरे कमरे में ढकेल दिया गया था।

"दुलहिन, लेव अपने दुलहा क सँभारी, "सतवंती ने अपनी जेठानी का हुकुम सुना था और सिरिया नाले की पहाड़ी बाढ़-सी उसकी कामना ठाठें मारने लगी थी। लेकिन "बलि का बकरा" भीगी बिल्ली बन गया था और सतवंती ने अपना माथा पीट लिया था।

सिनेमा हॉल में बैठी सतवंती सोच रही थी कि "बलि का बकरा" सत्तरह साल का गबरु जवान हो कर भी कुछ खास नहीं बदला था। पहली रात को मूसलाधार पानी बरसा था। लगता था धरती और आकाश एक हो गये हैं, लेकिन संस्कृत पाठशाला का भूतपूर्व विद्यार्थी रामशंकर घोड़ा बेच-कर सो रहा था और वह तड़पती रही थी। शादी के बाद सतवंती जब भी सोती, वह मनहूस बरसात उसका पीछा करती रहती। सपने में वह एक ऊँची पहाड़ी पर चढ़ती साथ में पति परमेसर भी होते जो चढ़ते-चढ़ते हाँफने लगते और धड़ाम से गिर कर सो जाते। उसके साथ की ब्याही लड़-कियाँ चाहे दूधों न नहाती हों, लेकिन पूतों फल रही थी और वह थी उजाड़ बाँझ-एक सूखी नदी-सी। न तो हनुमान जी को लड्डू चढ़ाने से गोद भरी और न ही संतोषी माता का व्रत किसी काम आया।

पंडित रामशंकर के हिस्से में केवल तीन बीघे खेत थे। बड़े भाई पंडित रामसोहरत चार कन्याओं के यशस्वी पिता थे और दो की शादी में ड़ेढ़ बीघे खेत बेच चुके थे। रामशंकर खेतों में हड्डी-तोड़ परिश्रम करते और बड़े भाई पोथी-पत्रा ले कर ग्राम-जाचकी में लगे रहते। परिवार नाक तक कर्ज में डूबा हुआ था। जेठानी ले-दे कर अच्छीं थीं लेकिन गुस्सा आने पर सतवंती को 'बाँझ' और 'निपूती' तक कहने में संकोच नहीं करतीं। बीस घरों के उस मनहूस पुरवे में खाता-पीता परिवार एक भी नहीं था। दिन डूबते-डूबते गरीब चिराग आँख मूँद लेते और गाँव झपकी

लेने लगता । बिरहा, चैती, फगुवा, कजरी, लोकगीत गरीबी की मार खा कर पता नहीं कहाँ गुम हो गये थे। सतवंती ने पाँच सालों में केवल एक बार किसी जिंदादिल लड़के का गाना सुना था :

चाहे धन रहबै उधारी, हमार पिया गन्ना न बोयौ
जब से चली है मिलिया सौतिया, सैंया का लाइगै उढारी
हमार पिया गन्ना न बोयौ ।

मेहनतकश पेशे के लोग पंजाब भागने लगे थे क्योंकि कानपुर, लखनऊ, बलरामपुर और तुलसीपुर की मिलों में अब काम मिलना आसान नहीं था । पंडित रामसोहरत की आधी जमीन परती पड़ी रह गयी, क्योंकि गाँव के सभी भूमिहीन नौजवान परदेश कमाने बाहर निकल गये थे। जो कुछ बची-खुची फसल थी वह बाढ़ की चपेट में तहस-नहस हो गयी । चूँकि सतवंती बाँझ थी, इसलिए गरीबी की मार उसके सिर पर कुछ ज्यादा ही गहरी पड़ी । जेठानी सारा खाना पति, देवर और अपनी लड़कियों को खिला देती, जो कुछ बड़ी पंडिताइन के खाने से बचता, वह सतवंती पाती ।

बप्पा की बुद्धि भी मारी गयी, सतवंती सोचने लगी । कई और ब्राह्मण परिवारों के खाते-पीते घरों में उन्होंने अपनी लड़की की शादी इसलिए नहीं की कि वे छोटे ब्राह्मण थे। रामशंकर एक कुलीन ब्राह्मण और मशहूर पंडित के बेटे थे । सो सतवंती उनके गले मढ़ दी गयी । वह घुटती रहती । अब जब गाँव-गाँव में आटा पीसने वाली चक्की थी, उसे खुद चक्की चलानी पड़ती । गेहूँ पीसते-पीसते उसके कंठ से दर्दीला स्वर फूट पड़ता—

लकड़ी जलि कोयला भई, कोयला जलि भई राख
मैं पापिन ऐसी जली, कोयला भई न राख।

फिर एक दिन गाँव में एक चमत्कार-सा हुआ। रामदीन यादव का बड़ा बेटा तस्करों के एक गिरोह के साथ एक दिन कोयलाबासा गया । सही-सलामत लौटने के बाद उसे पूरे चार सौ रुपये का हिस्सा मिला। वे लोग सीधे बलरामपुर गये, महुवा की शराब पी, सिनेमा देखा और स्मगलिंग

की बात करते रहे। उन दिनों 'दीवार' फिल्म जोरो से चल रही थी। धरमदेउवा स्मगलिंग कर हाजी मस्तान बनने का सपना देखने लगा। फिर एक दिन धरमदेव गाँव से उड़ा तो महीनों तक उसका अता-पता नहीं चला। उसकी माँ पानी पी-पी कर भगवान को गालियाँ देने लगी, "जाउ दइव, दहिजरू क पुतऊ, जेस तूँ हमरे साथ किहेव तैस तोहरेव साथ होई।" सब कहते, बुढ़िया सठिया गयी है। ठीक सात महीने बाद धरमदेव बम्बई से गाँव लौटा तो उसका कायाकल्प हो चुका था। गाँव के कई लड़के पंजाब से लौट आये थे—नरकंकाल बन कर। लेकिन धरमदेव लौटा तो उसकी काया लहक रही थी। उसकी बड़ी पेटी कपड़ों से भरी थी। गाँव के लगभग हर घर के लिए वह कुछ न कुछ लाया था। सतवंती के हिस्से में आयी एक लाल रंग की साड़ी और भड़कीली अंगिया। बड़ी पंडिताइन को जब ग्यारह रुपये और एक किलो पेड़े मिले तो वह धरमदेव को असीसने लगी। और धरमदेव का आना जाना बढ़ गया।

धरमदेव पूरे तीन महीने गाँव रहा। दो बार सत्यनारायण की कथा सुनी और पंडित राम सोहरत को दिल खोल कर दक्षिणा दी। पंडित जी ने अशुद्ध संस्कृत में लम्बा-चौड़ा श्लोक पढ़ कर धरमदेव को परमसुन्दरी पत्नी पाने का आर्शीवाद दिया।

अब गाँव में धरमदेव की चर्चा हर जबान पर थी कोई कहता कि बम्बई के एक रहीस सेठिया ने धरमदेव को गोद ले कर मालामाल कर दिया है। कोई कहता कि असम का एक करोड़पती व्यापारी असम के जंगलों से अगर चुरा कर बम्बई भेजता है और धरमदेव उसका जिगरी दोस्त हो गया है। धोबी का लड़का राम फकीरे कहता कि अक्खा बम्बई सहर माँ खाली अमिताभ बच्चनवा है जो गोंडा जिले की बोली-भाषा जानता है। एक दिन धरमदेउवा को देखते ही वह बोला, "का हो सरऊ, तू हमार बोली कैसे बोलत हौ ? कहाँ घर है तोहार ?" ई सुनते धरमदेउवा पैर पर फट पड़ा। "माई बाप, गोंडा जिला से ठोकर खात-खात हियाँ

पहुँच गयन मुला खाय का लाला पड़ा है।" बस बच्चनवा पट्टै अपने गाड़ी में बैठाय लिहिस, घरे लावा अउर धरमदेउवा के मनई बनाय दिहिस।"

गाँव में कोई उसके कपड़ों को देख कर सिहाता, कोई उसके खाने को। लेकिन सतवंती उसके अमिताभ बच्चन मार्का बालों और ठसकेदार चाल पर मर मिटी। वह आँखे मूँदती तो बस धरमदेव ही दिखाई पड़ता।

एक दिन सतवंती के जेठ, जिठानी, बच्चे और राम शंकर एक यजमान के यहाँ जीमने गये थे। धरमदेव सूँघता हुआ आ टपका।

"पाँव लागी भौजी, पंडित भैया कहाँ हैं ? तनिक घिव लाया था।" अब धरमदेव खड़ी बोली बोलने की कोशिश करने लगा था।

"बैठउ देवर जी, बैठउ। पंडित भैया घर माँ न रहै तो का घर नापाक होय गवा ?" सतवंती ने पीढ़ा आगे बढ़ा दिया। धरमदेव बैठ गया।

जेठ की दुपहरिया तप रही थी, पत्ते भी नहीं हिल रहे थे, हवा मूर्च्छित थी और लोग फूस के घरों में पड़े हाँफ रहे थे। दोनों में छन गयी। धरमदेव ने सतवंती की आँखों को शायद पहली बार ध्यानपूर्वक देखा और सोचने लगा कि इसके सामने तो हेमामालिनी भी पानी भरे। फिर बम्बई और फिल्मों की बातें शुरु हो गयीं।

धरमदेव ने धीरे से कहा, "भउजी, तुम तो हेमामालिनी और रेखा से भी ज़्यादा खूबसूरत हौ।" और सतवंती मोम की तरह पिघलने लगी।

इंटरवल होने के पहले तक सतवंती उस दुपहरिया को याद कर हुलसती रही जब वह धरमदेव को पानी पिलाते-पिलाते उसके हाथों में झूल कर लत्ता हो गयी थी। फिर वह रोता हुआ बंबई लौट आया था। तब से लगभग हर महीने वह पंडित रामशंकर के नाम मनीऑर्डर भेजता और कपड़ों का पार्सल।

मूँगफली टूंगते हुए दोनों हॉल के अन्दर ही बैठे रहे। एक कांस्टेबुल

सीट पर बैठा समोसे कुतर रहा था। उसे देख कर सतवंती पसीना-पसीना हो गयी। इंटरवल खत्म हो चुका था। उसके दिमाग में भी यादों की रील घूमने लगी। कभी धरमदेव लखनऊ की मिठाई लाता, कभी राजस्थानी चुनरी। हाथ पकड़ कर उसने धीरे-धीरे पहुँचा पकड़ लिया था।

"यहि तरह कब तक चोरी-छिपे काम चली ?" सतवंती ने धरमदेव को पकड़ा था, "चलौ, कहूँ लै चलौ हम्मै।"

पूस का पहला पखवारा शुरु हो गया था। धरमदेव एक दिन शहर से लौटा तो पाँच रजाइयाँ अपने साथ लाया—एक अपनी माँ के लिए, एक गाँव के चौकीदार के लिए और तीन पंडित के घर के लिए। बड़े पंडित दक्षिणा पा कर फूल कर कुप्पा हो गये।

"एक अउर बात है रामशंकर भैया, "धरमदेव का स्वर आदर से भीगा हुआ था, "हम बम्बई के डागदर से पूछेन है, दुई पुड़िया दवा है, दूध माँ डारि कै पी जाव, तीसरे दिन बाप बनै के ताकत जरूर आय जाई। पूरै एक सौ एक रुपैया लगाय दिहेन है। अगर भगवान एक औलाद दै देय तो मुह माँ चंदन लागि जाये।"

पंडित रामशंकर का दिल बल्लियों उछलने लगा। यह बात एकदम गोपनीय रखी गयी। दूध धरमदेव के घर से ही आया, जिसमें पहले से ही मिलायी गयी थी। फिर दो पुड़िया पंडित के घर मिलायी गयी। सतवंती ने शायद पहली बार बड़े लाड़ से पंडित को दूध पिलाया और नये लिहाफ में उन्हें सुला दिया। रात में गजब की सर्दी थी लेकिन ढिबरी की रोशनी में पंडित रामशंकर घोड़ा बेचकर सो गये थे।

ठीक एक बजे रात दरवाजे के पास कोई "हुवाँ-हुवाँ कर उठा। पंडिताइन ने धीरे से दरवाजा खोला। धरमदेव खड़ा था।

चेहरा नीला होय गवा है, "सतवंती फुसफुसायी।

"जल्दी करौ", रात के अंधेरे में धरमदेव प्रेयसी की मुस्कुराहट नहीं देख सका।

और दोनों चुपचाप चल पड़े। रास्ता पगडंडियों वाला था। ऊबड़-खाबड़ ओर ओस से भीगा हुआ। लगभग तीन किलोमीटर आने के बाद दोनों ने बतियाना शुरु किया।

"कहूँ पंडित उठि न परैं?"

"अब ऊ ससुर का उठिहैं, उठी उनकै अर्थी। तू तनिकौ फिकिर न करौ। तुहै हम रानी बनाय देब।"

उनकी बातचीत के बीच एक तारा टूटा, कुत्तों का दल ज़ोर-ज़ोर से रोने लगा और गीदड़ हुवाँ-हुवाँ कर उठे। दोनों बढ़ते गये। रात ढलने लगी थी। गहरे कुहासे की मोटी चादर फैली हुई थी जो छँटने का नाम नहीं ले रही थी। सतवंती की नयी चप्पल उसके पाँव काट रही थी लेकिन उस पीड़ा में उसे एक विकृत आनन्द आ रहा था।

सतवंती सिनेमा देख रही थी लेकिन उसका मन पंडित रामशंकर की कल्पना में खोया हुआ था। शायद अब तक लोग उन्हें फूँक-ताप कर घर लौट चुके होगें। जेठ जी पुलिस को कतई खबर नहीं देंगे, क्योंकि भाई के हिस्से का खेत अब उन्हे आसानी से मिल जायेगा। थाना-पुलिस करने में बड़ा बवाल उठ खड़ा होगा। वह सोच रही थी।

पिक्चर खत्म हो चुकी थी। दोनों टैक्सी से लखनऊ रवाना हो चुके थे। सतवंती की आँखें नींद से भारी हो रही थीं। वह धरमदेव की गोद में ही पसर गयी। उसने सपना देखा कि तेज बारिश में वह ऊँची पहाड़ी पर चढ़ रही है। उसका पूरा बदन पानी से तर है। फिर एक काला साँप उसकी कमर में गेंडुरी मार कर लिपट जाता है। धीरे-धीरे पहाड़ी नीचे खिसकने लगती है और चारों तरफ घटाटोप अन्धेरा छा जाता है। साँप अपनी गिरफ्त मजबूत करता जा रहा है। पास मे कुवानो नदी है, जिसके तट पर एक चिता जल रही है। सहसा अन्धेरा छट जाता है, और आग के प्रकाश में उसे लगता है कि साँप का चेहरा धरमदेव में परिणत हो गया है। वह चीखने लगती है, "हे पंडित दूध न पियेव, खबरदार, दूध

कतई न पियेव !'' और धरमदेव जोर से हँसने लगा।

वे अब सरयू नदी का पुल पार कर रहे थे। धरमदेव का शातिर चेहरा नींद से बोझिल होने लगा था, जैसे असम के किंग कोबरे को कोई ओझा जड़ी-बूटी सुँघा रहा हो। टैक्सी ड्राइवर ने कनखियों से अपने मुसाफिरों को देखा। सतवंती धरमदेव की गोद में थोड़ा खिसक आयी थी। थकान टैक्सी ड्राइवर की आँखों पर भी उतरने लगी थी। वह धीरे-धीरे गुनगुनाने लगा—

छोटी-सी गाड़ी मगइबै, बलम तुहै बाम्बे देखइबैं।

□□